玉盘诗草

周宁彦 著

朝華出版社
BLOSSOM PRESS

图书在版编目（CIP）数据

玉盘诗草 / 周宁彦著. -- 北京：朝华出版社，2025.3. -- ISBN 978-7-5054-5695-2

Ⅰ．I227

中国国家版本馆 CIP 数据核字第 2025XL7147 号

玉盘诗草

作　　者	周宁彦
选题策划	彭　雪
责任编辑	卞慧芹
责任印制	陆竞嬴　訾　坤
装帧设计	悟阅文化

出版发行	朝华出版社		
社　　址	北京市西城区百万庄大街 24 号	邮政编码	100037
订购电话	(010) 68995509		
联系版权	zhbq@cicg.org.cn		
网　　址	http://zhcb.cicg.org.cn		
印　　刷	成都市兴雅致印务有限责任公司		
经　　销	全国新华书店		
开　　本	880mm×1230mm　1/32	字　　数	194 千字
印　　张	8.5		
版　　次	2025 年 3 月第 1 版　2025 年 3 月第 1 次印刷		
装　　别	平		
书　　号	ISBN 978-7-5054-5695-2		
定　　价	48.00 元		

版权所有　翻印必究・印装有误　负责调换

诗韵潮声　画意乡心

江南形胜，潮起海宁。山川一域，同声同气。

仰东兄生于钱塘之畔，嬉戏于桑麻之野，纵情于草木之间，得天然之气息，享改革开放之盛世，沉稳大度、少年老成。

余少时，曾从仰东、剑宏诸兄游学于塘桥堍，彼时少年顽劣，却也趁春风和畅、夏夜虫唱、秋野如火、冬雪暖阳，吹拉弹唱、读书写字，问道于心、悟道于行。如今校舍旧迹无存、师友星散各地。余等亦年过五十，趁尚有残年余力，富贵得意皆已尘埃落定，一事无成或成一事，能见后来者居上，实乃人生之最大欢喜也。

海昌仰东兄之女公子，一舟寒雪即为一例。

其生于小康之家，少小品学兼优，求艺西山之下，擅音律、懂音韵，入学浙中高等学府，又以教职桃李满天下。其少年心事，诉之文章；青春歌咏，留之翰墨。特立独行而不凡，沉潜蓄势而薄发，弦歌不辍，结成《玉盘诗草》，不受世之轻重。仰东兄甚爱之，以大爱之心育之，以大器之望盼之，相助于无形，心念于细微。

忆去岁冬月，仰东兄特来嘉兴，细言诗词汇编之想法。余不通诗词格律，以门外汉之拙目观其大作，各诗各体，各有诗情，或立足当下，或展望未来；或整齐严谨，或自由灵动；或古体，或格律；或诗或词；或四言，或七言，或杂言，缤纷多姿，绚丽多彩。其作虽以近体自由诗为主，亦不乏骚体、古体之体例。余字斟句酌，浅吟低唱，得佳句处，反复揣摩，得其深意，自叹弗如。

余尝异而问焉。曰："潮流所向，经济致用，何有闲暇而费此心力？"仰东兄答曰："唐诗宋词，乃汉语之瑰宝。吾曾立志文学，无奈岁月蹉跎，小女喜而父女唱和，吾亦欣慰。以吾之力传之。"

"桐花万里丹山路，雏凤清于老凤声。"天下父母者，皆衔巢之鸟。唯愿诗词作者守望初心、勤勉创作，破浪有时，云帆沧海。他年之后，再睹此集，亦能忆及青春之多彩，不枉生命之诗情。

龙山村人序

龙山村人：查杰慧，浙江海宁人，中学高级教师，教育硕士，嘉兴市南湖区作家协会副主席兼秘书长，长期从事青少年创意写作辅导工作，多次为大型文艺晚会撰稿。出版作品《银版的诗》《十年》《红船驶入少年梦》等。

景数玉盘①

钱潮滚滚自玉盘，浙水悠悠入紫渊。
古往今来勾吾越，西融东渐立前沿。
郑和取宝福寻药，马可籍游徐利谈②。
华夏桑蚕通世界，泰西法意③慨江南。
一江潮泛夜罗刹，两岸哀鸿日不天。
三疊流迁桑变海，四时耕煮泞成田。
五丰寺隐有神异，六灶塘存见锦帆。
姐妹七山尊至孝，回桥八字道婵联④。
诗坛九叶双蛟傲，画苑十发绍本骈。
百里橄言倭必败，千鸭⑤漫绘世凉炎。
万兴弄后彝尊赋，兆岸村头霞客还。
正亿心学承往圣，慕京结草浚河壖。

---

① 玉盘，即玉盘洋，杭州湾古称，亦称王盘洋，"玉盘"出自清代方元臣《陈山观合璧》诗："海底跃双丸，铜镇合玉盘。"
② 徐利谈，指17世纪初以徐光启和利玛窦两人为代表的东西方文化交流。
③ 法意，即严复翻译的孟德斯鸠《论法的精神》中文译本《法意》。
④ 婵联，语出《鲁孔子庙碑》："仰圣仪之焕烂，嘉鸿业之婵联。"
⑤ 千鸭，即海宁著名漫画家米谷故居千鸭堂。米谷晚年在千鸭堂画鸭。

伯垓携李诗荣耀，行穰山阴书畅酣。
鱼戏沟西摇菡萏，鸟鸣涧上掠空山。
正声歌咏风涛劲，载册文扬鲸浪翻。
寻字觅词描物事，穷思竭想撰章篇。
终归自古三吴会，毕竟而今形胜湾。
还仿逋翁吟乐府，也学大榭唱田园。
初成拙作试锋笔，贻笑方家讨策鞭。
更喜友师疏格律，但求佳句话人间。

　　　　甲辰季秋一舟寒雪于溪上文锦书院

目录 CONTENTS

第一章　海宁漫歌

（一）海宁十八阕 / 002

沁园春·潮城海宁 / 002
望海潮·百里钱塘 / 004
满江红·温婉洛溪 / 006
念奴娇·锦绣硖川 / 008
夺锦标·紫翠双峰 / 010
满庭芳·烟雨鹃湖 / 013
声声慢·溪翠海洲 / 015
石州慢·水长海昌 / 017
宴清都·丽萃长平 / 019
双双燕·侠影花溪 / 022
桂枝香·潮起尖山 / 024
庆清朝·碧沚斜川 / 026
雨霖铃·渟溪幽璟 / 028
倦寻芳·灵秀丁桥 / 030
翠楼吟·古邑盐官 / 033
高阳台·桑梓郭周 / 036
永遇乐·水镇修川 / 039
陌上花·碧玉许村 / 041

（二）潮城绝句 / 043

鹃湖晚霞 / 043

钱塘落日 / 043

钱塘花潮 / 044

钱塘追潮 / 044

两潮碰头 / 045

一线奔潮 / 045

瀚潮回头 / 046

尖山野球 / 046

尖山滑翔 / 047

志摩故里 / 047

关厢影曲 / 048

硖川双峰 / 048

浙大国际 / 049

水行杨汇 / 049

舟陌时光 / 050

花卉之城 / 050

觉皇钟声 / 051

仙湖侠影 / 051

宽塘潮缘 / 052

古镇路仲 / 052

双山嘉莲 / 053

（三）志摩故里词曲 / 054

十六字令·寻 / 054

十六字令·归 / 054

十六字令·痴 / 055

天净沙·寻芳 / 055

天净沙·觅梦 / 056

第二章 潮咏海昌百贤

严君父子（庄忌/庄助）／ 058
屯田伯言（陆逊）／ 058
灵泉晋史（干宝）／ 059
玄儒景怡（顾欢）／ 059
皇冈思南（顾越）／ 060
袁花公文（戚衮）／ 060
文忠登善（褚遂良）／ 061
鼎湖弘度（褚无量）／ 061
文安许公（许远）／ 062
横山真逸（顾况）／ 062
仙人自然（马湘）／ 063
幽栖红艳（朱淑真）／ 063
杨园世家（杨奉直/杨由义/杨九鼎）／ 064
先生横浦（张九成）／ 064
先生持正（施德操）／ 065
先生子平（杨璇）／ 065
仓基祭酒（荣肇）／ 066
硖川虚白（胡奎）／ 066
夊山清江（贝琼）／ 067
皇冈希贤（贾执中）／ 067
静庵仲娴（朱妙端）／ 068
荷溪虚斋（祝萃）／ 068
郭溪三苏（苏平/苏正/苏直）／ 069
都司应桢（周应桢）／ 069
茶磨云邨（许相卿）／ 070
隅园漫卿（陈与郊）／ 070

觉斋近川（查秉彝）/ 071

万古耳刘（祝以豳）/ 071

秘录九韶（陈司成）/ 072

关厢孝廉（周宗彝）/ 072

枣林观若（谈迁）/ 073

祝子开美（祝渊）/ 073

素庵紫管（陈之遴/徐灿）/ 074

默庵文白（范骧）/ 074

浙汜遗农（张次仲）/ 075

梅溪欠庵（朱一是）/ 075

东山钓史（查继佐）/ 076

道水非玄（陈确）/ 076

射山子柔（陆嘉淑）/ 077

以斋自西（杨雍建）/ 077

凫山鸳鸯（葛徵奇/李因）/ 078

蓼叟六谦（陈奕禧）/ 078

实斋叔大（陈诜）/ 079

时庵且然（许汝霖）/ 079

南楼琴瑟（马思赞/查淑英）/ 080

龙山初白（查慎行）/ 080

声山仲韦（查昇）/ 081

晴川润木（查嗣庭）/ 081

阁老广陵（陈元龙）/ 082

匏庐思南（陈邦彦）/ 082

莲宇秉之（陈世倌）/ 083

烂柯三子（范西屏/施襄夏/陈子仙）/ 083

五峰岱桢（俞兆岳）/ 084

勤圃耕厓（周广业）/ 084

4

秋楫六舟（达受）/ 085
愚谷槎客（吴骞）/ 085
笠湖虞卿（应时良）/ 086
蒋氏书藏（蒋光煦/蒋光焴/蒋学坚）/ 086
深庐警石（钱泰吉）/ 087
松霭梦陶（周春）/ 087
鹏坡夷白（陆素生）/ 088
河庄仲鱼（陈鳣）/ 088
笙谷谦甫（马锦）/ 089
归砚梦隐（王士雄）/ 089
消愁蕊仙（蒋英）/ 090
芷湘培兰（管庭芬）/ 090
则古竞芳（李善兰）/ 091
沈楼铁如（沈寅烈）/ 091
凤元一苇（杭辛斋）/ 092
娱庐观堂（王国维）/ 092
眉轩诗哲（徐志摩）/ 093
怀萱方震（蒋百里）/ 093
斜川月璇（褚学潜）/ 094
张策励身（徐骝良）/ 094
千秋绍章（何孝章）/ 095
关厢双吴（吴其昌/吴世昌）/ 095
潮音唯心（太虚）/ 096
丹九凤起（朱起凤/吴文祺）/ 096
高阳仰贤（许行彬）/ 097
石井双陛（张陛赓/张陛恩）/ 097
审山匡韶（史东山）/ 098
萨柯维敏（沙可夫）/ 098

如意冷僧（张宗祥） / 099
院士雨农（钱崇澍） / 099
九叶梁真（穆旦） / 100
龙吟宗海（郑晓沧） / 100
佩韦无我（宋云彬） / 101
尔璋戈陈（顾达一/顾行） / 101
千鸭吾石（米谷） / 102
格物匠师（贾祖璋） / 102
边区红专（沈鸿） / 103
苏溪一冰（李兰丁） / 103
李庵蠖叟（徐邦达） / 104
蚕姑甘露（蒋德良） / 104
倦旅淑章（陈学昭） / 105
苦斋敬堂（钱君匋） / 105
鹤龄惊秋（殷白） / 106
赫山侠圣（金庸） / 106
舞者大里（史大里） / 107
学林伉俪（钱学森/蒋英） / 107

第三章　玉盘四时吟

（一）春 / 110
新正春开 / 110
立春述怀 / 110
财神送穷 / 111
元夕灯夜 / 111
雨水候问 / 112
春龙抬头 / 112

惊蛰听雷 / 113
太平蚕花 / 113
百花来朝 / 114
春分即景 / 114
普贤大行 / 115
寒食踏春 / 115
清明故思 / 116
女儿春嬉 / 116
谷雨有信 / 117

(二)夏 / 118

立夏思倦 / 118
文殊大智 / 118
龙华浴佛 / 119
小满人间 / 119
芒种风行 / 120
天中端阳 / 120
夏至升平 / 121
分龙抢水 / 121
小暑宜人 / 122
半余小年 / 122
天贶晒衣 / 123
大暑行雨 / 123
观音大悲 / 124
荷节采莲 / 124

(三)秋 / 125

立秋遣怀 / 125
秧门关日 / 125
兰夜乞巧 / 126

中元秋尝 / 126
处暑禾登 / 127
地藏大愿 / 127
月诞天医 / 128
白露候归 / 128
八寺瑶池 / 129
中秋团圆 / 129
潮节祭神 / 130
秋分桂香 / 130
十成丰收 / 131
稻日祈晴 / 131
寒露伤秋 / 132
重阳踏秋 / 132
霜降息藏 / 133

(四)冬 / 134

立冬景时 / 134
民岁寒衣 / 134
完冬下元 / 135
小雪地封 / 135
太乙诞日 / 136
大雪忆旧 / 136
冬节亚岁 / 137
冬至梅香 / 137
小寒清曲 / 138
腊八成道 / 138
百福纳财 / 139
大寒鹰征 / 139
小年祭灶 / 140

除夕守岁 / 140

（五）七十二候咏 / 141

四季周行 / 141
孟春雨生 / 141
仲春升分 / 142
柳节谷雨 / 142
槐夏小满 / 143
芒种长日 / 143
盛夏伏日 / 144
白藏处暑 / 144
白露桂秋 / 145
寒露霜辰 / 145
冬节小雪 / 146
正冬亚岁 / 146
小寒腊冬 / 147
候顺岁祥 / 147

第四章　嘉禾恋歌

棹歌之恋 / 150
月河之恋 / 150
梅湾之恋 / 151
三汇之恋 / 151
文生之恋 / 152
简仓光阴 / 152
城野之恋 / 153
梅里之恋 / 153
军旅之恋 / 154

牛牛之恋 / 154
长虹一粟 / 155
陶仓理想 / 155
永红莲梦 / 156
能仁荷韵 / 156
莲泗荷田 / 157
归田千四 / 157
归田庆丰 / 158
归田南梅 / 158
归田七湾 / 159
归田虹桥 / 159
归田零宿 / 160
归田古塘 / 160
可可之恋 / 161
羊羊之恋 / 161
濮院古镇 / 162
马鸣风荷 / 162

第五章 海盐行歌

（一）南北湖之山海湖天 / 164

南北湖色 / 164
谭仙古道 / 164
观湖寻潮 / 165
泛舟湖上 / 165
翠湖揽天 / 166
骏马之恋 / 166
北里湖莲 / 167

澉浦古镇 / 167
甪里小村 / 168

（二）绮园之宅园街馆 / 169
冯宅绮园 / 169
探博物馆 / 169
三毛画馆 / 170
元济书馆 / 170
天宁禅寺 / 171
国风北街 / 171

（三）乡旅之绿野仙踪 / 172
五月之恋 / 172
诗田之恋 / 172
老镇沈荡 / 173
永宁莲香 / 173
状元故里 / 174
莓莓之恋 / 174
归田茶院 / 175
茶院金粟 / 175
茶竹之恋 / 176
岭野之恋 / 176
猪猪之恋 / 177
隐马文溪 / 177
古村朱家 / 178
雪水乐郊 / 178
北团看馆 / 179
澉东十凤 / 179
永福荷池 / 180

（四）海岸线之风水电光 / 181
  海风之恋 / 181
  白洋梦湖 / 181
  融创水镇 / 182
  核电科技 / 182
  观海日出 / 183
  文化海塘 / 183
  海盐码头 / 184
  谷水朝宗 / 184
  跨海大桥 / 185

（五）乡野民宿之沁沐云仓 / 186
  归自谣·沁沐云仓 / 186
  江南春·朱状元故里 / 186

第六章　慈溪廿六阕

（一）溪上天阙 / 188
  西平乐·慈溪天秀 / 188

（二）文化四阕 / 191
  聒龙谣·海地天一 / 191
  泛青苕·海堘天藏 / 193
  向湖边·秘色天青 / 196
  万年欢·慈孝天伦 / 198

（三）山水四阕 / 201
  慢卷绸·翠屏天岚 / 201
  梦横塘·杜白天镜 / 203
  意难忘·鸣鹤天街 / 205
  瑶台月·虹凌天海 / 207

（四）风物四阕 / 209
十月桃·三白天宝 / 209
古香慢·瓯乐天籁 / 211
丁香结·国药天精 / 213
蜡梅香·木艺天工 / 215

（五）名士四阕 / 217
一枝春·岁差天候 / 217
月中桂·客星天隐 / 219
曲江秋·文懿天阁 / 221
琐寒窗·四友天得 / 223

（六）诗意四阕 / 226
绮罗香·苔华天星 / 226
凤池吟·荷韵天香 / 228
霜花腴·素蝉天簧 / 230
琵琶仙·菊本天心 / 232

（七）归字谣四阕 / 234
春苔 / 234
夏荷 / 234
秋蝉 / 235
冬菊 / 235

（八）字字双一阕 / 236
梅园酒舍 / 236

第七章　杂咏十五首（阕）

（一）暗香四阕 / 238
美袍若玉 / 238
枰秋叶舞 / 239

残荷守藏 / 240

霜林摄摄 / 241

（二）行香子三阕 / 242

东方游圣 / 242

千岛之湖 / 243

万世苏仙 / 244

（三）喜迁莺一阕 / 245

最堪游处 / 245

（四）东风第一枝一阕 / 246

诗志由心 / 246

（五）七律六首 / 247

陶梦似蜀 / 247

岕里深溪 / 248

不夜桂林村 / 248

天目书塔 / 249

报恩禅寺 / 249

佛光大觉 / 250

跋　一舟行歌　寒雪迎春 / 251

第一章 海宁漫歌

（一）海宁十八阕

沁园春·潮城海宁

（中华新韵　苏轼正体）

海宁潮城，一江涛涌，百里风情。看两龙相斗，千军一线，击堤回首，夜谛汐鸣。侠义龙山，清风疏景，词话人间三境明。古城外，怀萱发潮志，新月诗英。

洛溪碧水泠泠。灯影里、盐曲最耐听。赏果香山水，村居水岸，桑蚕蝶院，卉海花屏。霓彩高楼，连杭城铁，旭日鹃湖西子星。江南好，恰如潮猛进，海宁先行。

海宁潮名闻天下。天下奇观钱江潮，在海宁可观尖山"潜龙乍现，蓄势待发"之源头潮、丁桥"两潮相搏，初现神勇"之碰头潮、盐官"千军同心，万马齐进"之一线潮以及盐仓"拍岸而起，溯潮再进"之回头潮，还可"月夜听潮，枕潮而眠"。海宁潮，潮海宁，海宁还有古风新韵之风雅潮、引领时代之时尚潮、绿水青山之生态潮、归园田居之乡村潮。此正是亦古亦新、亦城亦乡、亦山水亦人文、亦质朴亦时尚之海宁。

"侠义"即"侠圣"金庸及其笔下之英杰豪侠。"龙山"即龙山村，袁花城隍山及其周边地区，有金庸故居赫山房。"清风"即指廉吏杨兵部两袖清风。"疏景"即杨雍建故居"景疏园"。"三境"指国学大师王国维在《人间词话》中总结的"治学三境界"。"怀萱"指蒋百里故居"怀萱堂"。"发潮志"即军事家蒋百里早年发起创刊之著名爱国刊物《浙江潮》及其发刊词。"新月诗英"即以诗人徐志摩为代表之新月派诗坛精英。

"灯影"即硖石灯彩。"盐曲"即海宁皮影戏，为国家级非物质文化遗产。"果香山水"即尖山黄湾之清秀山水及四季鲜果。"村居水岸"即美丽乡村梁家墩之水乡村居美景。"桑蚕蝶院"即"荆斗云"乡村景区及其蚕俗文化。"卉海花屏"即海宁长安镇花卉园区之千亩花海及其精品民宿中展示的魅力花境。"旭日鹃湖"即鹃湖早晨，"西子星"即西湖星夜，杭海城铁开通后，杭州与海宁之双城生活得以实现。

望海潮·百里钱塘

（中华新韵　柳永正体）

一江潮事，钱塘百里，曾经沧海桑田。虮朴占鳌，祥牛镇海，佑福阡陌家园。夜枕响汐眠。日赏四潮景，天下奇观。书剑侠踪，人间三境，在盐官。

观音古道安澜。有四时鲜果，草场青山。江野稻香，村居水岸，云龙蝶院桑蚕。马牧忆千帆。卉海看花境，奔浪回澜。百尺楼无觅处，今海宁祥安。

百里钱塘，东起尖山，西至盐仓，东西绵延百余里，南北纵深一至五里，系继盐官景区后，海宁旅游开发建设之又一重大项目，为盐官景区向东西两翼延伸之休闲旅游带，目前已成为浙江省级旅游度假区。海宁百里钱塘，为钱塘江北岸鱼鳞石塘之核心部分，海宁也得益于百里鱼鳞石塘之佑护，不再频繁遭受潮灾，从而百业兴旺，成为杭嘉湖平原上的富庶之地、大美之地。

"夜枕响汐眠"即夜间可看月下夜潮，听潮声。"日赏四潮景"即日间可观赏尖山源头潮、丁桥碰头潮、盐官一线潮和盐仓回头潮。"书剑侠踪"即"侠圣"金庸笔下诸豪侠，尤指有深刻海宁烙印之《书剑恩仇录》中之豪侠。

"观音"即尖山之上观音寺及其悠远之故事传说。"古道"即黄湾诸山之中充满岁月故事之林荫小道。"草场"即碧草青青之尖山高尔夫球场。"稻香"指丁桥新仓谷堡稻花飘香。"马牧"即长安镇马牧港，曾为古运河通钱塘江之港口。"奔浪回澜"即盐仓回头潮。"百尺楼"泛指今杭州萧山南阳街道一带，清康乾以前为海宁辖地，由于钱塘江历经三亹之变，曾经桑田，今为沧海。

满江红·温婉洛溪

（中华新韵　柳永正体）

洛水潺溪，出长堰、硖湖里注。五十里、烟波晓柳，稻香燕舞。浣女捣衣砧唱晓，村童采芰渔歌暮。逝水长、急缓复浊清，流千古。

双忠庙，读书处。杨园里，埋忠骨。阊门守关厢，青萝悲楚。百里梅园新月皓，双吴大义绝食苦。会源桥、还忆海宁腔，灯明处。

洛塘河，唐时称洛溪。洛塘河全长五十多里，西起长安万兴桥接京杭古运河，东至硖石丁公堰通长水塘和长山河，流经长安镇、周王庙镇、斜桥镇、海洲街道、硖石街道和海昌街道，素称海宁"母亲河"。洛溪千年流淌，两岸胜迹流芳。

"硖湖"，即硖石湖，亦称南湖，今硖石之东南河和西南河水域，唐代大诗人白居易于长庆三年（823年）八月来硖石曾作《登西山望硖石湖》。

"双忠"即唐代忠烈之臣许远，洛塘河伊桥一带曾有其"故庙"、读书处以及许远手植古银杏树。"杨园"即宋代忠烈之臣杨由义之故里杨园村，在今张店洛塘河之北，杨由义曾为宋理学家朱熹之师，曾以阊门祗候使金而不辱使命。其父杨奉直、其子杨九鼎均为忠烈之臣，在其故里曾有世家桥、世家亭、驸马基和观谢亭。"关厢"即硖石古镇之东南西北诸关厢，系明末义士周宗彝为护乡里而筑。清兵入关后，周宗彝及其弟周启琦率乡里民众抵御清军，后不敌清军而殉身，其家人闻讯，阖家自沉青萝池殉国，一门忠烈。"百里梅园"即著名军事家蒋百里及其故园梅园。"双吴"即著名学者吴其昌和吴世昌两兄弟，其故居在南关厢之关厢口外，"五四"之际，双吴为声援拒签丧权辱国之条约而绝食。"海宁腔"即海宁皮影戏之唱腔——海盐腔（以盐官古曲为基础发展而成之昆曲四大声腔之一）。

念奴娇·锦绣硖川

（中华新韵　苏轼正体）

硖川锦绣，两山夹一水，景色如画。汇聚五河通四海，贤毕达偕风雅。祭酒仓基，紫微望碧，鹤舞东山塔。逋翁读处，许公石在桥坝。

翠谷长水幽幽，梅园百里，眉轩诗天下。盐曲悠悠灯彩艳，情暖关厢冬夏。绿岸宽途，高楼栉比，霓彩妆云厦。新城蓝海，鹃湖更跃龙马。

硖石街道，海宁主城区四大街道之一，位于主城区之东部，辖原硖石镇及石路乡。硖石古称硖川，为由拳古县旧治，历史悠久，胜迹星布。东山和西山，为海宁两座文化名山；南湖与北湖，系海宁两潭文化名湖；洛塘河、长水塘、长山河、丁桥港和麻泾港，五条长河交汇于硖川。如今更有五千年文化遗存之赞山以及潋滟水光扮靓一座城之新鹃湖，硖川分外亮丽秀美。

"祭酒仓基"，祭酒指元代荣肇，曾任国子监祭酒，后隐居于硖石仓基街。"紫微望碧"指西山和硖石湖。西山亦称紫微山，硖石湖亦称南湖，即今硖石之东南河和西南河水域。"鹤"即云中鹤，为徐志摩笔名，新月派诗人徐志摩毕生崇尚自由，在其散文《想飞》中，将自己想象为盘旋于智标塔之上之巨鸟，冲破黑青之天幕。"逋翁"即顾况，东山有顾况读书台遗迹。

"长水"即"谷水"，《梅里志》载："谷水在里西，即长水也。""眉轩"即新月派诗人徐志摩故居。

夺锦标·紫翠双峰

（中华新韵　张埜正体）

紫翠双峰，山连长水，一段江南图谱。浮石沉芦金雀，邰岭石刀，璧圭淳朴。道仙金丹炼，晋经幢、浮屠薄雾。乐天歌、犹记论诗，怅望逋翁读处。

艳雪亭梅十五。曲径明藤，伯安授业沄穀。碧铁青萝如意，双桧浓荫，黄菊清馥。想飞杨花恨，两片云、诗章银幕。会嘤求、百里志梅，谷水长流千古。

硖川之东西两山，系海宁两座文化名山，山清水秀，人文荟萃。此诗借用词牌"夺锦标"字面之意，以比对形式谋篇布局：奇物东之浮石，西之沉芦；良渚文化遗址东之郜家岭，西之淳朴园；道教遗迹东之葛洪，西之马自然；佛教胜迹东之智标塔，西之惠力寺；唐诗名人东之顾况，西之白居易；古树西之宋梅（所憾仅有文载），东之明代紫藤；古景西之五显祠古桧，东之横头菊庄；铁如意故事西之张宗祥，东之周宗彝；文艺名人西之诗人徐志摩，东之电影艺术家史东山……

"紫翠双峰"语出明代诗人苏平《海昌八景诗》之《两峰秋色》"六寺楼台连上下，双峰紫翠倚东西"。"一段江南图谱"语出明代才子祝允明《三月初峡山道中》"春阴春雨复春风，重叠山光湿翠蒙。一段江南好图画，不堪人在旅途中"。"浮石沉芦"即西山可沉于水之竹，东山可浮于水之石，均为硖川奇景奇物。"金雀"即谷水岸畔珍物金雀花。"郜岭"即东山郜家岭，20世纪90年代曾出土大量新石器时代文物。"淳朴"即西山淳朴园，明董毂《碧里杂存》曾记："沈祐于紫薇山土中得异石无数，如斧钺者、圭璧者……"可见东西山均有丰富的良渚文化遗存。"道仙"即东西两山中之道仙炼丹处，有东晋葛洪之东西山炼丹井，唐代马自然西山炼丹井、"仙台"及"炼鹤台"。"经幢"借指西山南麓惠力寺，东晋尚书张延光捐宅而建。"浮屠"即东山绝顶观海峰之佛塔，宋之前称八幅塔，宋以降称智标塔。"乐天"即唐代大诗人白居易。"犹记论诗"语出白居易《登西山望硖石湖》"犹记长安论诗句，至今惆怅读书台"。

"艳雪"即艳雪亭，在西山马自然炼丹之炼鹤台侧，台后曾有老梅一枝，宋人所植，明末张嘉曷安家于此，其时钱敬忠亦同侨寓，后归王相国，更名为艳雪亭。"十五"指明代董毂《十五子传》，借指其拟人化之"梅"。"明藤"即斑竹园有六百多年树龄之古紫藤，明代心学家王阳明《登碌石山》诗云"曲径入藤萝，行行见危堵"。"青萝"即明末义士周宗彝。"如意"即周宗彝所用兵器铁如意。"双桧"语出明代碌石诗人胡奎《五祠古桧》"灵祠双桧郁葱葱，秀色浑如在鲁东"。"黄菊"借指东山南麓横头街之菊庄，明末，唐元浩及胡仰泉隐居于此，遍栽菊花。"想飞"指诗人徐志摩的散文《想飞》。"杨花恨"即中国第一代电影名导史东山之诗电影《杨花恨》。"两片云"指徐志摩代表作《再别康桥》《西天的云彩》、史东山电影代表作《八百里路云和月》，两人分别为中国现代诗歌和电影发展史上之高峰。"会嘤求"指一九二五年十二月于东山嘤求社召开之"东山会议"，其与国民党右派"西山会议"分庭抗礼。

满庭芳·烟雨鹃湖

（中华新韵　晏幾道正体）

烟雨鹃湖，晚樱晓柳，鸟鸣蝶舞花香。波轻荷碧，鸥鹭戏霞光。步道栈桥回转，湖中岛、草长莺翔。欲寻梦，水云轻挽，无际处徜徉。

水长曾记否？山阴杜宇，啼老红霜。看而今，大学府在湖阳。科技城人才聚，新机遇、蓝海中央。东西贯，一桥飞架，城铁海连杭。

硖川鹃湖，有古今之别。古鹃湖位于东西两山之北，山映湖中，时有鹃啼，故名鹃湖，亦称北湖，目前海宁市计划重开北湖。今鹃湖为近三十年来开挖之人工湖，位于城东南部。今鹃湖与古鹃湖一南一北，通南北，亦通古今，令人遐思万千。

　　"山阴杜宇，啼老红霜"，出自海宁宋代女词人朱淑真《蝶恋花·送春》的"绿满山川闻杜宇，便作无情，莫也愁人苦"，"山阴"即山北麓，"杜宇"即杜鹃。"大学府"即浙江大学国际学院，坐落于海宁鹃湖之北（"湖阳"）。"蓝海"即以科技城为依托之海宁现代科技产业，将为海宁开启一个蓝海时代。

声声慢·渼翠海洲

（中华新韵　晁补之正体）

渼翠海洲，伊水潋滟，秋枫渔唱长塘。颂蚕歌胭脂汇，尚忆夷光。读书林文安远，靖中原、誓守睢阳。洛水畔、世家杨园坝，三代忠良。

父子殉国忠壮，草舍头，结庐处在何方？不朽完人勤慎，万古流芳！今杰不输古俊，看潮城、百业繁昌。领风尚、有皮都名镇，地铁通杭！

海洲街道，海宁主城区四大街道之一，位于主城区之西部，系海宁市人民政府驻地，交通便利，经济发达，有海宁中国皮革城以及皮革时尚小镇，引领海宁时尚之风。海洲街道辖地为旧时长平乡及元吉乡部分区域，历史风物众多。

"伊水"即洛溪之海洲（原伊桥乡）段，为吴越时檇李之地，相传越相范蠡曾陪西施"学吴语，习容步"于此，故此地尚留有伊桥、胭脂汇、西至浜等与西施相关之地名。"秋枫""渔唱""蚕歌"即伊川十景之"客荡丹枫""东市渔村""南田蚕歌"。"夷光"即西施之名施夷光。"文安远"即唐代忠烈之臣许远，在洛塘河畔伊桥曾有"故庙"、读书处及其手植古银杏。

"忠壮"即北宋名将王禀，靖康元年（1126年）为守太原城顽强抵抗金兵，九月十三日，太原城失守，王禀及其子王荀悲壮殉国，其年幼之孙王沆随忠厚老仆南下乞讨，栖居于临安盐官县长平乡，结草为庐（今伊桥"草舍里"），为海宁安化王氏始祖，国学大师王国维为王沆二十九世孙。"完人"即清代名臣许汝霖，字时庵，号且然，为官三十年，清正廉洁，勤于政务，才能彰显，政绩丰厚，康熙御赐亲书"清慎勤"匾额予以嘉奖，并传谕"卿居官三十年，并无小过，此去可称完人矣"。

石州慢·水长海昌

（中华新韵　贺铸正体）

狮岭鸷鸣，长水海昌，殳史蝉问。夫差檇李军锋，秦帝由拳兵镇。藏军坞里，囚卷十万无争？仙人洗药鼋无恨。诗史谓清江，恰洁流弥亘。

山艮。乐词新韵，真逸书台，秋枫红粉。普救难寻，不见西厢张衬。北流长水，经开蓝海鸥飞，漕泾智造芯中阵。时尚洽三生，两宜城相称。

海昌街道，海宁主城区四大街道之一，位于主城区北部，辖原双山乡及狮岭乡。谷水（即长水）从峡谷（东西山）出，经海昌街道北流至嘉兴南湖，长水塘西有双山（殳山与史山），东有大小横山（山如卧狮，故称狮岭）。长水、海昌、由拳，为海宁各历史时期之旧称。海昌街道历史悠久，不乏古迹胜景。

"槜李军锋"指吴越两国之槜李之战，海昌街道为当年槜李之战所在地。"由拳兵镇"即秦始皇开掘长水塘时屯兵之所，殳山曾有"藏兵坞"，相传当年监督十万囚徒开挖长水塘和挖断东西连山之兵营即驻扎于藏兵坞。"仙人"即宋代道士殳基，殳山上有洗药池、洗药井等古迹。"清江"即元末明初诗人贝琼，隐居于海宁殳山，结社赋诗教授，其诗作满是乾坤清气，堪称一代诗史。

"山艮"即大小横山。"真逸"即唐代大诗人顾况，横山为其居处，曾有读书台，顾况为唐代新乐府派代表，曾有"红叶传书"的动人故事。"普救"即普救寺，借指为海宁民间传说中《南西厢记》发生地狮岭金星村大横山下的禅济寺，相传为《西厢记》故事发生之地。

宴清都·丽萃长平

（中华新韵　曹勋变体）

丽萃长平，梓风枰雨，稻香渔火桑碧。达泽古野，龙潭秘境，剑池王迹。疏浚慕京捐币。九曲港，桐兵凤起。观若迂、国榷六笔。初笔、再笔、重笔。

遥记。太宰师徒，东堂翰墨，论经析义。闺秀静庵，题活水句，望徽如彼。鹏坡少白诗意。古杏下、《辞通》探秘。哼哼机声里，织成南城大器。

马桥街道，海宁主城区四大街道之一，位于主城区南部。马桥街道辖原马桥镇及湖塘镇，古均属长平乡。因文化源流与目前行政区划存在差异，故未严格按行政区域安排词作内容，而将硖石之赞山及袁花之彭墩视为整体。

"达泽"即达泽庙。"龙潭"即赞山之龙潭，均为良渚文化遗址。"剑池王迹"即赞山龙潭，《海宁州志稿》载"上有深潭，水极澄清，俗称钱王磨剑池"，相传越王曾于此磨剑。"慕京"即宋安化郡王王沆，慕京为其字。《硖川续志》引《安化谱》云："曾同邑侯陈恕捐资增筑塘岸，疏泄潮害，是以民安，人称其河为王慕京港（麻泾港）。""九曲港"即桐木港，宋名将章之光辞官后隐居桐木港，在宅旁河岸遍植桐木。"观若"即谈迁之号，谈迁撰《国榷》历三十多年，六易其稿而成，然遭窃尽失，后又经两年重辑，终得以传世。

"东堂"即宋朱熹七世孙朱圭（元代）为延请礼部尚书（太宰）贡师泰教授而建之学塾东野草堂[①]，海宁花园朱氏族裔及乡里学子咸集于此，学问论经。"静庵"即明代海宁女诗人朱妙端，曾登楼赋《题望徽楼》"活水有源分一派，孝心无替仰千秋"，以应朱熹"问渠那得清如许？为有源头活水来"。"望徽"即望徽楼，朱氏所建登高望远赋诗之楼。"少白"即清代海宁彭墩（古称鹏坡）诗人陆少白，为龙山诗派代表人物。"古杏"即西牌楼（利众村）古银杏树，系《辞通》著者

---

① 东野草堂，据《海宁朱氏宗谱》及《嘉兴历代人物考略》载，朱圭，迎礼部尚书贡师泰至家中教授子侄，室名曰一经堂、东野草堂。

朱起凤少时居所，其子吴文祺助其编著《辞通》。"机声"取自元代黄溍《送盐官傅都目》"河塘灯火机声里，墟落盐烟海气间"，河塘（即湖塘）自古繁华，亦称"小桃源"，元时即织机之声不绝，纺织业发达，足见如今马桥街道经编产业园区欣欣向荣之基础何其久远强大，相信海宁中国经编产业园终可成为世界经编名城，经编世界。

双双燕·侠影花溪

（中华新韵　史达祖正体）

美人莳处，度侠影花溪，板桥渔唱。都司岭上，红叶祭其行壮。嘉议堂名气响。赠米布、徒登金榜。云邺死谏掀髯，万古贼平倭荡。

荣畅。江南巨望，雁序翰林仨，子才族旺。罪惟三秀，秉谏近川廷杖。儒冠诗山赋嶂。赫山剑、书侠英傥。阳光小镇可期，阡陌物华无量。

袁花镇，古称花溪，海宁东部名镇，为海宁四大省级中心镇之一。袁花为海宁文化重镇，历史悠久，名人辈出，而花溪为侠圣故里，蜚声中外。

"美人"借指南北朝梁江州长史戚衮之妻，于妙果山居处种花莳草，其园称园花，为袁花之名始称。"板桥渔唱"为花溪十二景之一。"都司"即明抗倭英雄周应桢，牺牲于崇教寺，归葬黄山岭（周都司岭）上。"嘉议堂"即明代良臣祝萃辞官归乡之居所。祝萃曾为工部主事，参与三吴水患治理，功勋卓著，归乡后著述教授，曾有"赠徒米布"事迹。"云邨"指明代谏臣许相卿，其号为云邨。"万古"即明代抗倭名将祝以豳之藏书楼万古楼，此处借指祝以豳，他曾北抗倭寇，南歼荷兰侵略者。

"雁序"比喻兄弟，袁花查氏为江南巨族，康熙一朝"一门十进士，兄弟三翰林"，康熙帝称"唐宋以来巨族，江南有数人家"。"三秀"即明末清初史家查继佐，其初字三秀，著《罪惟录》。"近川"即明代查秉彝的号，他为营救被诬陷之户部尚书王杲而秉直谏言，结果被廷杖六十。"儒冠"即清代浙西诗派代表查慎行，创作大量诗作，传世不下万首，康熙曾誉"查某风度尔雅，洵堪为儒臣冠"。"赫山"即侠圣金庸之故居，金庸笔下的英雄豪侠，为花溪平添无数侠光剑影。"阳光小镇"指袁花以晶科能源为龙头之新能源产业开启了花溪充满希望之阳光新生活。

桂枝香·潮起尖山

（中华新韵　王安石正体）

尖山潮起。望沧海桑田，高阳城迹。石塔安澜探海，观音福地。灵泉晋史搜神异，看山楼、道古藏秘。古藤墙里，南湖别墅，盐曲清丽。

九杞山、贻谋后裔。看无垢师徒，双元及第。闸口谈仙戍海，志凌云际。传船拳岁花红遍，论英豪千秋正气。岚青草翠，梅红橘黄，大潮雄起。

尖山新区，海宁东南部古镇新城，辖原黄湾镇和尖山新区，为海宁沧海桑田变迁最大之地。此地山清水秀，人文荟萃，海宁政协友人曾云："海宁文史不可忽略东部文化。"

"高阳城"为黄湾一地流传久远之陷于海中之古城，钱塘江经历三亹之变，可以肯定高阳城与今之尖山新区为一个桑田变沧海，沧海变桑田之过程。"安澜"即安澜塔，传说观音变绣花针为安澜塔定针，以镇兴风作浪之狂龙。"灵泉晋史"借指东晋史学家干宝，干宝撰《晋纪》及《搜神记》，为中国小说的鼻祖。"看山"即宋元之际藏书家马宣教之藏书楼看山楼，为海宁文献可考最早藏书楼，在今藤墙里。"道古"即清代藏书家马思赞之藏书楼道古楼，在今花山里。"南湖别墅"，即南宋海昌马氏始祖马自东之居处，著名词曲家张镃曾来此会曲。

"九杞山"即插花山（花山）。"贻谋"借指明代谏臣许相卿，后隐居茶磨山，作《许云邨贻谋》家训以治家。"无垢"即南宋学者张九成（海宁首位亦为唯一状元），其于花山创横浦书院，有读书台遗迹，张九成及其徒凌景夏为同科的状元及榜眼。"闸口"即石墩巡检司城。"谈仙"即谈仙岭石城。"船拳"指南湖船拳传人周荣江。"岁花红"即指科普作家贾祖璋，《花儿为什么这样红》为其代表作之一。"千秋"即革命烈士何孝章，其就义诗"慷慨正气映千秋，壮志未酬誓不休"。"岚青"即群山苍翠。"梅红橘黄"即杨梅紫、柑橘黄，借指瓜果飘香。

庆清朝·碧滟斜川

（中华新韵　史达祖变体）

碧滟斜川，吴根越角，桑禾陌巷幽乡。萱城檇李，九王山上疆场。永祚石墩簿记，耕厓曹墅典籍藏。淳溪里，墨王子佩，红艳绝肠。

师古堰斜桥站，日寇碉楼恶，勿忘国殇。英雄抗日，吾月刚月璇强。浅唱南归北去，令狐原漫画十方。新颜换，西城地铁，物华年芳。

斜桥镇，古称斜川，海宁中北部古镇，辖原斜桥镇、庆云镇和祝场乡。斜桥为吴越八城晏城、萱城之境沿，历史人文积淀深厚。

"九王山"即海宁仲乐村与桐乡汇丰村交界处高地，有古城遗迹，可能为吴越槜李之战时萱城古城。"永祚"即徐永祚，著名会计师，编著《改良中式簿记》。"石墩"即祝场村金石墩村。"曹墅"即仲乐村曹市里，为洛塘周氏塘北聚居地，有清代学者周广业（号耕厓，曾参与编撰《四库全书》）等文化名人。"淳溪"即路仲古镇。"墨王"即清代学者藏书家管庭芬（字子佩）之藏书楼墨王楼（亦称花近楼）。"红艳"即宋代女词人朱淑真。"绝肠"即朱淑真诗词集《断肠诗集》。

"师古埝"即仲乐村师姑桥。"斜桥站"即斜桥老火车站。两处均为日军侵华时沪杭铁路线上据点，有碉堡和炮楼遗迹。"吾月""月璇"指抗日英雄冯季伦和褚学潜，两人为"民抗"和"江抗"之著名人物。"浅唱南归北去"源自著名作家、文艺评论家张惊秋（殷白）所著《北去南归，轻吟浅唱》。"令狐原"即著名漫画家朱吾石（米谷）笔名，他在斜桥老家的画室名"千鸭堂"。"西城地铁"，杭海城铁东西横贯斜桥全境，已建成通车，为斜桥发展插上腾飞之翼，海宁城西新城已拔地而起。

雨霖铃·淳溪幽璟

（中华新韵　柳永正体）

淳溪幽璟，对渔歌晚，水榭灯影。石桥犹记三圣，方毛路仲，德义风定。越相西施洗马，竟东吴营令。赋断肠、红艳幽栖，古镇明厅是乡井。

春来百卉蜂蝶应。塔霜枫、落絮夺秋景。南棠句可曾记？烟霭里、旧形随映。水彩眉孙，封面君匋，芷湘花静。霍乱论、梦隐悬壶，守素荷千柄。

路仲古镇，古称渟溪，俗称路仲里，民国初年为海宁四大镇之一，现为斜桥镇所辖。路仲曾为崇德县千金乡辖地，为二府四县交界之地，交通商贸名镇。千年古镇人文荟萃，在海宁文化版图中为不可或缺之重镇之一。

"三圣"即三王庙（仲济寺三王殿），唐时闹饥荒，路仲里路、仲、毛三姓大户，开仓赈济百姓，为记其恩德，造三王庙祭祀。"德义风定"即路仲德义、德风、德明三座古石桥，现存德义和德风两桥，据传亦为颂扬三位乡贤义行功德而建。"洗马"即洗马浜，相传春秋时越相范蠡曾陪西施"学吴语，习容步"于此，留下诸多与西施相关之地名。"东吴营令"即营里，三国陆逊屯田兵营。"幽栖"指宋代女词人朱淑真，她被称为红艳诗人，号幽栖居士，有《断肠诗集》传世。"明厅"即明代太师张从，其宅张子相宅亦称明厅。清康熙年间，其族人张子相独闯县衙为民力争减赋，乡民记其功德，改其居处石桥名为惠人桥。

"百卉蜂蝶应"即渟溪十景之《东郊春色》"平畴仰赖菜花笑，蜂飞蝶舞春来早"。"塔霜枫"即十景之《塔里霜枫》"漫言塔里有霜枫，却是古柏露真容"。"落絮夺秋景"即十景之《渟溪渔唱》"芦花飞起掠秋影，渔歌只剩梦里听"。"南棠"即清代管式龙（曾任湖北学史），曾题路仲十景。"眉孙"即著名画家张眉孙。"君匋"即艺术家钱君匋，曾任同济大学、复旦大学美术系、音乐系教职，为书画装帧名家，圈内有"钱封面"雅号。"芷湘"即清代学者藏书家管庭芬。"梦隐"即名医王士雄（王孟英），著《霍乱论》。"守素"即清代名士张孚观，号冷云居士，筑爱莲草堂于惠人桥侧，蓄池植荷千柄。

倦寻芳·灵秀丁桥

（中华新韵　潘元质变体）

稻香桑翠，灵秀丁桥，凭澜倚浪。塘外烟波，昔下管熬波场。西子湾头凰凤岗，石佛古寺乡学傍。侍郎儒，景怡赋黄雀，燃糠书亮。

振教院、希贤捐地，渤海陈家，梓乡田漾。望小桐溪，南榭紫言吟唱。王静安题崇正舍，萨柯村落涛声响。浪相搏，保安宁、筑塘名匠。

丁桥镇，海宁中南部滨江之镇，辖原丁桥镇和新仓镇。西至诸桥村与盐官镇祝会村交界处，东至旧仓与袁花镇交界处。滨江海塘近三十里，历来为钱塘江潮患治理核心区域，尤以大缺口段形势最为严峻。如今百里钱塘在鱼鳞石塘基础上按几百年一遇之高标准建设，固若金汤，为丁桥、海宁，乃至杭嘉湖平原筑起了福荫万代之平安塘。

"下管"即清以前钱塘江北岸盐场之一下管盐场，由于江道北侵，盐田滩涂均陷为海。"西子湾"位于皇冈西侧，地名与西施于槜李"学吴语，习容步"有关。"凰凤岗"即凤凰岗，指皇冈。"石佛"即皇冈太平寺（亦称石佛寺），有宋小康王及明朱元璋相关传说。"乡学"即南北朝时顾欢、顾越读书之学塾，位于今太平寺附近，后发展为皇冈书院。"侍郎"即儒学家顾越，给事黄门侍郎。"景怡"指道学家顾欢，其字为景怡，少时苦读，有"燃糠照书"和"黄雀赋"故事流传。

"希贤"即元代贾执中，于至正年间将私塾扩为皇冈书院，捐八百亩水田作教育基金，聘刘伯温等名儒讲学。"渤海陈家"即海宁盐官陈家，元末明初"渤海"高谅入赘皇冈陈氏后，即以高谅为始迁祖，二世始用母姓，但郡名仍用原来高姓之"渤海"，皇冈为海宁渤海陈家祖地。"小桐溪"即皇冈南之新仓。"紫言"即明末清初女诗人徐灿（陈氏首位阁老陈之遴之妻），夫妻二人于诗词创作上意气相投，但在政治上却有不同的立场，徐灿坚持忠于明廷，陈之遴却改做清朝臣子。"王静安"即国学大师王国维，其字为静安，王国维曾为崇正讲舍撰《崇正讲舍碑记略》。"崇正舍"即诸桥村之崇正讲舍。"萨柯村落"即美丽乡村梁家墩，新仓村为沙可夫（陈维敏）故里。"浪相搏"即丁桥梁家墩至八堡之间的钱塘江碰头潮。

翠楼吟·古邑盐官

（中华新韵　姜夔正体）

古邑盐官，桑田瀚海，一城古今潮范。南华书浙水，越营戍田南沙岸。亹经三变。看石岸临涛，横江白链。占鳌伴。御碑双帝，铁牛潮悍。

暗念。丹桂飘香，涌禹阳盐曲，九韶矾炼。气清疏景丽，几朝宰相家城半。娱庐词辩。仗海浪天风，英雄书剑。安国院。古残经幢，海音悠远。

盐官镇，海宁中部古镇，四大省级中心镇之一，辖原盐官镇和郭店镇。盐官为千年古邑，曾为海宁州之州城、海宁县（海昌、盐官）之县邑，历史悠久，人文荟萃。限于篇幅，将原郭店镇风物归入周王庙镇（郭周）。

　　"南华"即西周庄子，钱江潮最早记载见于《庄子·南华经》"浙河之水，涛山浪屋，雷击霆砰，有吞天沃日之势"。"越营戍田"即三国时东吴陆逊任海昌尉，于海昌屯田，当时现盐官之南为广阔桑田滩涂（称南沙）。"亹经三变"即钱塘江入海口由南大亹至中小亹，再至北大亹之变迁。"亹"即海门，江道北侵后，北岸承潮强度大增，土石和堆石海塘已无法阻遏江潮，鱼鳞石塘筑成后北岸始得安宁，钱江涌潮于盐官亦成横江一线之态，盐官亦成观潮最佳处。"御碑双帝"即乾隆和雍正两位皇帝为表彰筑塘捍潮功绩而立之御碑，现矗立于海神庙之御碑亭。"占鳌"即镇海潮的占鳌塔，"铁牛"即镇海潮的铁牛。在与潮患的长期斗争中，百姓采用祭潮、镇潮、捍潮等各种方式，最终鱼鳞石塘有效地控制了潮患。

　　"丹桂飘香"即桂子飘香，曾有名对"露花倒影柳三变，桂子飘香张九成"盛赞南宋名臣张九成之功绩。"禺阳"为明代著名曲家陈与郊的号，他著有传奇《诊痴符》及杂剧《昭君出塞》等，应是盐官古曲（海宁调）之代表人物。"九韶"即明代著名医家陈司成，著中国第一部性病专著《霉疮秘录》。"矾炼"即锻炼红矾，制作治梅毒特效药生生乳。"几朝宰相"取自袁枚《安澜席上诗》"调羹梅亦如松古，想见三朝宰相家"，借指"一门三阁老，六部五尚书"之"陈半城"海宁陈家。"娱庐词辩"即国学大师王国维及其《人间词话》。"海浪天风",孙中山曾于天风海涛亭观潮,并为海宁县立乙种商科职业学校题"猛进如潮"赠言,以激励青年,"猛进如潮"已成海宁精神之核心。"英雄书剑"即侠圣金庸及其笔下英雄豪杰。"安国院"即安国寺。"经幢"即安国寺唐代经幢。

高阳台·桑梓郭周

（中华新韵　刘镇正体）

桑梓郭周，肩担洛水，揽秦河踏钱塘。煮海何方？上管浊浪翻江，自然石井仙人道，六舟僧、白马真藏。看郭溪，浙赋非芜，昆仲词章。

胡兜兄弟援唐李？稻田三庄客，曾救康王。桂子飘香，童儿塔下风光。国父亲为鸥盟誉，赞涌潮，顺盛颠亡。稻花香。荆斗云中，渔唱蚕忙。

周王庙镇，海宁中部名镇。2001年，设新周王庙镇，辖原周王庙镇及钱塘江镇（石井乡）。周王庙镇亦为千年古镇，人杰地灵，曾被誉为"皮革第一镇"，在当前可持续发展模式下，绿色生态产业正蓬勃发展。为体现文化版图之完整性，余将郭店镇（郭溪）纳入词作范围。

"秦河"即京杭古运河之上塘河，周王庙镇北部有洛塘河横贯，中部有上塘河横贯，南部濒临钱塘江，自古为海宁东西交通之要隘。"上管"即清以前钱塘江北岸盐场之一上管盐场，由于江道北侵，盐田滩涂均陷为海，现难觅煮海之盐场，目前大荆场发掘出少见之盐场遗址，聊可望念海宁当年盐业之繁盛。"自然"即唐代得仙道士马自然，石井古镇有其石井遗迹，明代郭溪诗人苏平《仙人石井》有记"真人蜕骨已升仙，石井空遗野水边"（《嘉靖海宁县志》载苏平《海昌八景诗》其一）。"六舟"即清代高僧达受的字，他出家于盐官城北之白马庙，云游各地后归于白马庙，潜心金石书画创作与收藏，白马庙渐成潜龙藏真之所。"昆仲"指明代郭溪（郭店）诗坛三兄弟苏平、苏正及苏直，苏平诗品尤其出众，被誉为景泰十子之一，张楷对苏平和苏正兄弟有"浙诗门径未荒芜，独赖芰除有二苏"之盛誉。

"胡兜兄弟"指唐代名臣邬元昌与邬元崇，邬元昌为唐玄宗时名臣，曾开凿淮阴十八里河，后因得罪宰相李林甫而被诬下狱致死，其弟邬元崇曾因劝阻武则天篡夺李唐天下而被下狱。"稻田"即秧田庙，传说此地曾发生三农夫救南宋康王之故事。"桂子"即南宋名臣张九成，张九成与城西五里之净居寺有不解之缘，净居寺有童儿塔，张九成曾撰《重修童儿塔记》，归乡后居住并终老于此，近年张九成墓碑出土于荆山村黄泥港。"鸥盟"即周王庙辛亥先贤许行彬，孙中山誉其为鸥盟，许行彬安排并陪同孙中山观海宁潮，孙中山题词"世界潮流，浩浩荡荡，顺之则昌，逆之则亡"。"荆斗云"即周王庙美丽乡村景区综合项目荆斗云。

永遇乐·水镇修川

（中华新韵　苏轼正体）

水镇修川，运河千载，西东咸利。一坝三闸，汇通南北，吴越乡音里。故堆遗恨，觉皇梵律，顿悟人间佛理。彙丰阁、虹桥帆影，一苇草堂说易。

仰山书院，寺弄诗韵，更喜学堂林立。城铁连杭，新城兴盛，看日新旬异。兴城绿野，褚石花海，马牧河江余忆。回头潮，聆涛闻浪，领潮世纪。

长安镇，海宁西部重镇，四大省级中心镇之一，2003年设镇时辖原长安镇与盐仓镇。长安古称长河、修川、桑亭、义亭，为运河古镇，水陆要冲，自古商贾往来频繁，经济繁荣，人文荟萃。长安镇为浙江省小城市培育试点，城乡一体化快速推进，高新区和高校区发展迅猛。

"西东咸利"取自清代朱文治《海昌杂诗》"近自江南及川楚，长安利甲浙东西"。"一坝三闸"即长安古镇运河水利古迹之长安坝（堰）和长安闸。"吴越乡音"取自元代萨都剌《宿长安驿》"乡音吴越不可辨，灯火满舡如落星"。"故堆"即三国东吴孙权三女鲁育，其墓即三女堆，清吴骞追记三女故事诗云："纸钱社酒修川路，千古行人一涕洟。""觉皇"即觉皇寺。"人间佛"即人间佛教，借指民国高僧太虚，太虚学佛曾经三次顿悟。"彙丰"即彙丰南货店，位于长安中街，为典型之水阁楼。"虹桥"即长安古运河上之运河水利遗产虹桥。"一苇"指辛亥先贤杭辛斋，早年加入同盟会参加辛亥革命，晚年研究和传播易学，著有《一苇草堂日记》。

"学堂"指长安高教园区之东方学院、机电学院等高校。"兴城绿野"即美丽乡村兴城村及其"美洋洋"乡村文旅综合体。"褚石花海"即美丽乡村长安花卉园区之千亩花海。"马牧"即美丽乡村金港村之马牧港文化记忆。"聆涛闻浪"借指盐仓高新区之现代高新产业如钱江潮般兴起发展。"领潮世纪"即盐仓之奥特莱斯品牌直销购物广场。

陌上花·碧玉许村

（中华新韵　张翥正体）

石函碧玉，湖开安泰、许村龙竞。古寺钟声，犹记竟陵佛性。望无量少时读处，水漾荷香船影。越歌幽、夜月鼎湖吴韵，海昌八景。

懿德塘、岸外桑禾秀，不觅盐田醝鼎。莽莽时和，许远裔归乡井。运河水远流今古，家纺名城拔颖。卫城兴、起巨楼昔泽底，厦宏千顷。

许村镇,海宁西部连杭区重镇,四大省级中心镇之一,辖原许村镇、许巷镇及沈士镇。许村亦为千年古镇,其辖地在不同历史时期为不同州县所辖,系三府四县交会之地,人通物汇,历史风物众多。现为布艺名镇,又得连杭之利,崛起为海宁西部新城。

"石函"即临平湖。"碧玉"即小家碧玉,若譬杭州为大家闺秀,则许村不失为小家碧玉。"湖开安泰"即湖开太平,出自司马光《资治通鉴·晋武帝咸宁二年》"秋,七月,吴人或言于吴王曰:'临平湖自汉末秽塞',长老言:'此湖塞,天下乱;此湖开,天下平。近无故忽更开通,此天下当太平'"。"龙竞"即龙渡,龙渡湖之地系古临平湖之境,其湖围为今龙渡湖之十多倍。如今龙渡湖重开,许村迎来发展之大好形势。"古寺"即荐福寺,初建由南朝高僧慧基住持。"竟陵"即南朝竟陵王萧子良,舍别馆为安义寺(即今荐福寺)。"无量"即唐代名儒褚无量,临平湖畔有其读书台。传其少时苦读,湖有龙出人争睹之,而其不为所动安然诵读。"荷香船影"取自唐代顾况《临平湖》"船影入荷香,莫冲莲柄折"。"夜月鼎湖"即明代诗人苏平《海昌八景诗》之《鼎湖夜月》(《嘉靖海宁县志》有载)。

"懿德"即翁埠之古称懿德镇,尚有明清古海塘遗迹,可知许巷翁埠一带曾几经沧海桑田。"盐田"即今已被划入萧山,古为海宁许村盐场之大片土地。"许远"即唐代忠烈名臣许远,许村许氏为许远后裔。许村古为时和乡,许氏后裔族地安义里。"运河"即海宁境内之京杭古运河,亦称秦河,北流至长安,经长安闸连百尺浦(崇长港)通京杭大运河南线。

（二）潮城绝句

鹃湖晚霞

蜂蝶曼妙舞花香，鸥鹭翔凫戏暮光。
杜宇山阴啼旧梦，水云轻挽到湖阳。

钱塘落日

古春风软景时新，山色天光不远临。
潮落波平承晚日，钱塘百里满江金。

钱塘花潮

钱江春水柔心裁,早晚荆挑①次第开。
继踵游人争掠艳,花潮十里踏歌来。

钱塘追潮

六期春汛自王盘,百里钱塘潮景全。
源起交叉一线贯,回头裂岸枕涛眠。

---

① 荆挑,樱花别称。

两潮碰头

王盘洋里卧潜龙,潮起尖山气若虹。
东浪南涛西北去,大缺口上现溯洪。

一线奔潮

两龙夕惕势乾乾,十万吴钩雪宿冤①。
一线怒涛擂战鼓,浪拍塘岸起尘烟。

---

① 雪宿冤,春秋吴越战争中伍子胥含冤而死,死后化为潮神,每天潮汐从杭州湾外涌入钱塘江,似千军万马厮杀而来,为雪千年之冤。

瀚潮回头

海门过后第一湾,百里奔潮巨浪翻。
水幕冲天霏蔽日,游人争睹返洪澜。

尖山野球

山携水绕正春浓,玉素沙池果岭茏。
挥打野球真肆意,凤婉龙豪甲华东。

尖山滑翔

高阳城外海涛生,催客尖山顶上登。
鸟瞰寺前潮漫漫,借得巨翼乘东风。

志摩故里

两山一水有奇篇,才子佳人旷世缘。
文艺三街烟火气,尘间四月艳阳天。

关厢影曲

马头墙映彩灯光,凤眼窗闻影曲忙。
玉树琼枝隔岸望,有缘相会在关厢。

硖川双峰

双峰紫翠俏江南,逋翁红叶两情传。
鹤祭青萝白马鸣,彩云一片落硖川。

浙大国际

鹃湖碧水掩书声,金榜题名梦想成。
求是园中求智慧,青春锦绣谱人生。

水行杨汇

杨汇桥里碧流清,佳丽凌波桨板行。
两岸野村堪入画,渔歌虽远尚能听。

舟陌时光

舟行水转到杨窑,陌上春风醉李桃。
时尚童玩别样爽,光鲜世界輂来淘。

花卉之城

奇华异卉聚长安,万紫千红闹陌田。
花苑生活须共享,创新园艺大空间。

觉皇钟声

桑亭驿侧运河长,古寺钟声响四方。
僧圣太虚传大爱,人间佛教到觉皇。

仙湖侠影

文坛侠圣念乡关,书剑恩仇故里缘。
再向神仙湖上走,古今侠侣隐情田。

宽塘潮缘

高阳沉处是宽塘,古韵香街客醉乡。
鼠尾山前玩定向,潮缘小镇赏春光。

古镇路仲

渟溪渔唱梦依稀,三圣高风路仲奇。
碧水古桥德义铭,相思肠断在幽栖。

双山嘉莲

夊仙洗药碧泉香,禅寺钟声鹭鸟翔。
长水养荷千万柄,武莲海种不寻常。

（三）志摩故里词曲

十六字令·寻

寻，画境硖川诗彩云。书裙韵，知己客芸芸。

十六字令·归

归，橹颂街声灯彩晖。双峰翠，诗侣鹤相随。

十六字令·痴

痴，时尚三街烟火知。随心起，故里志摩诗。

天净沙·寻芳

西东寺塔流狭，酒楼灯市诗家。创客时妆洛卡。霓虹半恰，觅芳人在新硖。

天净沙·觅梦

八幅①惠力硖溪,海石金雀沉荻。觅梦山街故里。双峰映碧,志摩诗境依依。

---

① 八幅,智标塔旧称。

第二章 潮咏海昌百贤

严君父子（庄忌／庄助）

江河广而志骁骁，时命不哀谏潭骄。
渡海诘蚡征闽越，文开两浙赋风骚。

屯田伯言（陆逊）

滚屋涛岭震雷潮，火噬连营按六韬。
屯垦海昌来点将，三国吴帅占头鳌。

灵泉晋史（干宝）

钱塘浩浩史河遥，晋史搜神泣鬼妖。
不契初心生死诀，壮怀气烈有周遭。

玄儒景怡（顾欢）

沧溟风烈万层涛，适海鲲鹏魄若潮。
自照燃糠黄雀赋，争流夷夏道犹高。

皇冈思南(顾越)

秋江雷作日曈曈,天地奇观大道通。
乡校励学连昼夜,善谈名理侍东宫。

袁花公文(戚衮)

宏流沧海浪相杀,涛纳珍奇宝景嘉。
三礼佳传崇教寺,夫人莳处命园花。

文忠登善（褚遂良）

波萦激浪上天潢，风举春涛伴侍郎。
飞鸟依人忠敢谏，楷书雁塔镇初唐。

鼎湖弘度（褚无量）

春流江上念斯人，龙渡临平不扰神。
礼笃史精为太傅，鹿群感孝谥曰文。

文安许公（许远）

汹汹罗刹浪潇潇，誓靖中原命可抛。
绵远无期为此恨，洛流终到洛溪桥。

横山真逸（顾况）

浙河东逝故园遥，能辨归心是百鹩。
真逸乐天诗意盛，华阳梧叶生情苗。

仙人自然（马湘）

风行海动浪吞峤，石井修丹转暮朝。
对景无心通大道，静非青岭闹非涛。

幽栖红艳（朱淑真）

冰消江暖柳丝摇，人诺黄昏月上梢。
焚稿幽栖肠已断，尚留风致不熔销。

杨园世家（杨奉直/杨由义/杨九鼎）

云低水冷海生潮，风雨连天泣隽豪。
祗候使金留正气，阊门忠烈世家桥。

先生横浦（张九成）

寒江夜雨冷涛狂，横浦净居桂子香。
谪住天南心未泯，丈夫有志笑流荒。

先生持正（施德操）

潮随海月上时生，峰入云天静处横。
孟子发题明四大，北窗炙粿问笛声。

先生子平（杨璇）

江头雨涨浪纷哗，窗外山青蓟子家。
流畔人鱼皆静乐，峡间水木亦清华。

仓基祭酒(荣肇)

限他吴越怒潮流,朋党相争世外修。
旧臣育才荣祭酒,紫微遗事忆歪头。

硖川虚白(胡奎)

长驱千乘海出蛟,师匠宁王府上教。
叟问斗南题壁句,只言诗心有贤交。

殳山清江（贝琼）

倒流洪淼揽长风，我与乾坤亦草螽。
殳阙清江诗史誉，霜皮落落是青松。

皇冈希贤（贾执中）

曲江潮猛水迢遥，乡校名儒历六朝。
捐地希贤兴教院，首开习尚作风标。

静庵仲娴（朱妙端）

飓风拔木六合摇，临海人家任浪漂。
零落残香临木客，寒梅莫负静庵谣。

荷溪虚斋（祝萃）

天塌堤溃世频劳，鹏翼击流不自骄。
慧眼识人捐米布，荷溪笔砚育青袍。

郭溪三苏（苏平／苏正／苏直）

鲸波①骇浪啸风雷，田旅乡心喜与悲。
云壑雪溪渔唱晚，三苏有韵浙诗菲。

都司应桢（周应桢）

天崩地坼浙江涛，击射鸱夷卧浪梢。
资献抗倭身已死，都司岭上落红娇。

---

① 鲸波，出自明代苏平《沧海寒潮》："鲸波吼夜千兵合，雪浪翻空万马奔。"

茶磨云邨（许相卿）

浙河豪宕海堧摇，直谏掀髯气若涛。
归隐茶磨高士会，贻谋自策九杞劳。

隅园漫卿（陈与郊）

东流水恨自滔滔，云懒谂痴叙梦桃。
北戏南移盐曲老，陈佛珠坱翠尘飘。

觉斋近川（查秉彝）

江行日暮沓潮^①来，不惧严贼数建白。
廷杖犹存葵霍志，花溪存稿在觉斋。

万古耳刘（祝以豳）

吴钩白马渐江滔，荡灭南贼北盗蠡。
笃孝终亲经世匠，美贻万古掣鹏鳌。

---

① 沓潮，出自唐代刘禹锡《沓潮歌》。

秘录九韶（陈司成）

摧山拆岸海天摇，北上疮毒众苦焦。
秘录良工陈九韶，汝砒吾药乳生膏。

关厢孝廉（周宗彝）

万山气卷怒涛飞，誓守关厢尺铁黑。
碧血青萝埋义烈，智标鹤绕马鸣悲。

枣林观若（谈迁）

大江骇浪水滔天，国榷难书撰两番。
沧海何时成沃野，贫民可免役辛艰。

祝子开美（祝渊）

鳞波落月海潮来，隔岸戢山浪共拍。
不贰师徒明死志，葆光居处牡丹开。

素庵紫筜（陈之遴/徐灿）

吞江吐海怪泷涛，带日春波起早潮。
塔上浮云鳌镇海，诗余深处月痕焦。

默庵文白（范骧）

浙潮秋气映胥山，观社诗书俊少年。
爱日老人明史案，金瓶有序是良言。

浙氾遗农（张次仲）

大江浊水任沉浮，苔径幽人解旧书。
百态人生诗里阅，乾坤大道易中读。

梅溪欠庵（朱一是）

云涛白马秋风遥，兵革西东义鹤翱。
随浪狎鸥徒大略，梅溪作词欠庵高。

东山钓史（查继佐）

千屯势吼铁戈沉，东山明书罪我身。
此去扶桑知近远，肯随博望道昔人。

道水非玄（陈确）

海国潮涌越江翻，坏毁田庐复税捐。
日月驹隙行自爱，五伦情种理如天。

射山子柔（陆嘉淑）

斗摇天海月兴澜，汐战鱼龙浪斗鼋。
塔影须云阁上映，蜜香楼里画心莲。

以斋自西（杨雍建）

千军强弩鳄龙潜，万马单槽走粤黔。
不惧三藩杨九本，松乔堂里景疏廉。

凫山鸳鸯（葛徵奇／李因）

秋深风烈涌潮寒，铁甲空屯魄自冤。
芜园诗连竹笑画，梅开春暮待君还。

葑叟六谦（陈奕禧）

盈盈一水大江宽，细雨穿沙海气寒。
谁写秋山播万点，风流翰墨是香泉。

实斋叔大（陈选）

两潮搏噬迅雷奔，黄患黔贫鄂腐臣。
红痣殷勤清恪誉，躬劳著训振家门。

时庵且然（许汝霖）

束江凫赭括潮澜，雪浪功高没越山。
铺盖虽陈终不弃，清廉慎勤是箴言。

南楼琴瑟（马思赞/查淑英）

潮生潮落筚门前，妻勉夫哲共蜑船。
十亩良田诘半卷，花山道古冠东南。

龙山初白（查慎行）

云垂海立涌金鳌，初白东南墨客豪。
歌赋浙西诗万阕，英雄赦后唱乡谣。

声山仲韦（查昇）

江关新月卷秋涛，天海西风去雁高。
翰墨称绝题澹远，声山圣教付檀槽。

晴川润木（查嗣庭）

沙崩岸毁飓风潮，巢覆鸥惊罗袖销。
一止惹得文字狱，晴川惨淡奈何桥。

阁老广陵（陈元龙）

钱塘潮立鼓千雷，扼浪安澜雁齿黑。
仕桂小邱嵩岱比，镜原格致赋霞扉。

匏庐思南（陈邦彦）

潮淘汐战鼓金声，海岳书生踏锦程。
己莫能识临董墨，宗伯尺纸索难成。

莲宇秉之（陈世倌）

浙江潮信塔山齐，怀系苍生泣苦疾。
廉俭敬人能养正，煮粥诗里有传奇。

烂柯三子（范西屏 / 施襄夏 / 陈子仙）

钱塘玄素弄潮儿，坐忘当湖李杜愁。
弈理桃花归圣院，子仙应战退琉球。

五峰岱桢（俞兆岳）

胥涛千里向堤头，幸有银塘镇中流。
恪守三毋如铁榫，金城万丈枕无忧。

勤圃耕厓（周广业）

淼绵万古浙潮归，国志民传史信谁。
宁志编余修四库，蓬庐听雨赋春晖。

秋楫六舟（达受）

寒江雪月拢潮烟，无量乾坤落此间。
试以金石识世界，九能八破拓形全。

愚谷槎客（吴骞）

海门难锁浪乘风，廿里涛声欲破空。
笃定抄藏书万卷，拜经楼里觅诗踪。

笠湖虞卿（应时良）

秋潮倒卷六鳌疯，天鼓惊雷万马腾。
借笔作舟风破浪，皱云石上墨梅生。

蒋氏书藏（蒋光煦/蒋光焴/蒋学坚）

烟涛白浪海门开，日寇长毛战祸来。
别下衍芬平仲卷，匿徙千里幸无灾。

深庐警石（钱泰吉）

春朝踏浪聚沙鸥，秋晚听潮任海吼。
教谕安澜经卅载，冷斋亦是曝书楼。

松霭梦陶（周春）

山羁东海日潮来，江滞西风巨浪排。
索隐红研开首部，凝尘著述梦陶斋。

鹏坡夷白（陆素生）

一绦潮起撼三山，我欲骑鲸展屃帆。
黔首于斯阁上赋，彩虹桥畔雪齐檐。

河庄仲鱼（陈鳣）

涛声万古海潮汹，山远波翻气象弘。
津逮舫罗珍善本，向山阁里校文丛。

笙谷谦甫（马锦）

惊云滚滚雪滔滔，文赋焉得涌瀚潮。
山水卉花当写意，碧萝吟馆健笔操。

归砚梦隐（王士雄）

回环曲水恶涛袭，行道人间救苦疾。
梦隐悬壶平霍乱，著得归砚在漳溪。

消愁蕊仙（蒋英）

银澜滚滚势滔滔，春日涛声入九霄。
归棹听吟长短句，词间仙蕊百愁消。

芷湘培兰（管庭芬）

莲生海外起惊涛，万古安澜锁怒潮。
花近楼头多旧椠，补缺存异订丛钞。

则古竞芳（李善兰）

吞云浴日杳天庭，我欲扶桑看昊星。
则古昔斋来演算，敢言志气九霄凌。

沈楼铁如（沈寅烈）

鱼龙翻浪万军声，独上经阁看海腾。
自任塘工辑述议，沈楼消夏讽衷征。

凤元一苇（杭辛斋）

天龙地马共潮出，涤荡胸怀履坦途。
问道笃行救世路，为学研几易学书。

娱庐观堂（王国维）

素车白马夜涛腾，词话人间百样风。
孤愤娱庐三境造，几回汐落又潮生。

眉轩诗哲（徐志摩）

远村寺塔鼓声幽，新月眉轩筑爱楼。
心海念潮歇又涨，依稀漂荡片孤舟。

怀萱方震（蒋百里）

秋夕月午浪激滔，似怒如怨向岸高。
百里浙潮檄告作，排山倒海荡贼蟊。

斜川月璇（褚学潜）

钱塘江上故乡风，吹我征袍济众生。
血洒阳澄击日寇，誓酬蹈海志成城。

张策励身（徐骝良）

水疾回岸忽潮生，鸥鹭同盟竟未成。
铁道救国驱寇孽，路通南北启鹏程。

千秋绍章（何孝章）

沧溟万里怒潮来，浊浪千堆战阵开。
天秀完人留正气，凌霜傲骨斗风埃。

关厢双吴（吴其昌 / 吴世昌）

雷鸣潮啸魄魂夺，伯仲绝食誓救国。
学问图存边政史，红研独到见真灼。

潮音唯心（太虚）

日沉汐落影帆重，三藐心觉自性空。
佛乘潮音归草舍，悟得天道坐禅中。

丹九凤起（朱起凤／吴文祺）

潮随鲸背浪排空，百里银塘抵溃㴖。
知耻后学因首鼠，古欢父子著《辞通》。

高阳仰贤（许行彬）

钱塘滚滚响雷来，猛进如潮盛世开。
高阳小庐留燕处，鸥盟仍在上风台。

石井双陛（张陛赓/张陛恩）

长天秋水色苍青，夜半涛声梦里惊。
世界潮流无可挡，新学观海第一名。

审山匡韶（史东山）

群龙腾跃飓潮浑，满袖杨花恨晚春。
文艺为民情不已，八千里路月和云。

萨柯维敏（沙可夫）

潮落石贝盼潮生，决裂沉昏去蔽蒙。
熬到明天得解放，团圆大戏把台登。

如意冷僧（张宗祥）

千层浪里擘珠胎，独向人间冷处开。
山满荆棘书四草，不游雁宕是清怀。

院士雨农（钱崇澍）

奔雷动地海潮狂，归棹重逢浙水长。
兴教育才植物志，园林之母立八荒。

九叶梁真（穆旦）

一江远水绿潮情，千里出发纵步行。
歌祭胡康河谷魅，赐生巨树永苍青。

龙吟宗海（郑晓沧）

千峰银岭卷洪流，烽火西行守自由。
书剑弦歌追鹿洞，将身奉教不他求。

佩韦无我（宋云彬）

搏涛斗海趁潮狂，浪里风帆背日张。
奔走西东求国是，红尘冷眼记春光。

尔璋戈陈（顾达一／顾行）

潮灾倭祸恶滔天，率众修塘抗盗奸。
父子殊途皆砥柱，清廉忠正誉人间。

千鸭吾石（米谷）

船行江上猎鱼忙，抗盗击贼笔作枪。
漫画千鸭知水暖，何须上架下河塘。

格物匠师（贾祖璋）

一江流碧海挟金，格致还需趣味心。
点破繁花香玉雪，语通百鸟唱昔今。

边区红专（沈鸿）

一别长忆浙江潮，身报家国不暮朝。
茶坊总工枪炮造，无限忠诚日昭昭。

苏溪一冰（李兰丁）

怒潮腾跃到苏中，绿荡击倭转鲁东。
抗美援朝医战友，南丁格尔美名拥。

李庵蠖叟（徐邦达）

湾吞月引海滔滔，强弩焉能抑怒潮？
国眼鉴真无用卷，富春虽远可勾描。

蚕姑甘露（蒋德良）

波涛滚滚浪滔天，救难徙奔宝塔山。
女大木兰真勇敢，边区育种养桑蚕。

倦旅淑章（陈学昭）

东来江水绞成潮，舟子辛劳暮复朝。
三兆良言真美丽，魂归大海乘回桡。

苦斋敬堂（钱君匋）

夜潮秋月诉相思，烽火击倭万叶资。
画印诗书通雅乐，流光封面尽言辞。

鹤龄惊秋（殷白）

浪吞大海吐风涛，潮醒乾坤日月昭。
北去南归轻浅唱，延河塔影忆陈窑。

赫山侠圣（金庸）

玉城雪岭满潮临，笑傲江湖热腹心。
刹那芬芳终不老，侠之大者为国民。

舞者大里（史大里）

潮来潮去百千年，勇毅前行世代传。
文化强国承父志，荷花之舞鉴良贤。

学林伉俪（钱学森/蒋英）

马嘶龙吼浙江滔，钱弩雄威劲射潮。
两弹一星寰宇震，夜莺妙啭领风骚。

第三章 玉盘四时吟

（一）春

新正春开

柄回寅位又新元，登稔千禾落下年。
岁酒香盈七尺井，爆竹声动五辛盘。

立春述怀

早春夜雪化东风，红日光明动蛰虫。
岁月生香情缱绻，鱼承寒玉去登龙。

财神送穷

家家破五送穷冬,户户接迎五显公。
抢抱路头争好运,财源滚滚百福拥。

元夕灯夜

春宵荡上百灯开,微雨无声闹水台。
挥打铁花飞火凤,人争红运好时来。

雨水候问

雨随元夜蕙风徐,水岸清深獭祭鱼。
候雁南来灯影里,问情草木醉梅须。

春龙抬头

春潮昨夜涨芳菲,兰杏紫红菜甲肥。
约伴踏青迎富去,擎壶同醉翠龙飞。

惊蛰听雷

艳阳九九动春雷,桃始芳华李亦菲。
几个鸧鹒鸣翠柳,鸠为鹰化瑞云飞。

太平蚕花

春来皇冈嫩桑青,争轧蚕花讨太平。
六里长摊生意好,耕织男女最关情。

百花来朝

群芳争望最堪游,田妇簪花不胜羞。
闺秀赏红贴五色,幽人诗里赋风流。

春分即景

春光一半是花朝,争踏青茵赏露桃。
云至雨来雷又电,梁间玄鸟语知交。

普贤大行

端骑白象大行佛,十愿苍生喜乐多。
食素点灯心向善,无边福报普天播。

寒食踏春

陂塘紫紫是蒲菖,米粿青青有艾香。
插柳寻春忙祭扫,品茗比赋不神伤。

清明故思

野村二月杏花香,琴树繁华柳絮扬。
鼠化鵉声虹霁雨,寒食酒醒故思长。

女儿春嬉

重三郊外丽人忙,流饮兰亭曲水觞。
凤舞纸鸢禖燕应,龙飞丝弋梦熊祥。

谷雨有信

池生萍草伴荷钱,戴胜嬉桑护蚁蚕。
拂翼鸣鸠听谷雨,连冈秀麦是丰年。

（二）夏

立夏思倦

莺啼春去恋残花，荫里蝼蝈唱晚霞。
蚯蚓出巢迎雨夏，黄梅蒸麦见王瓜。

文殊大智

人间四月雨如烟，凤舞南风绿满田。
礼见文殊得大智，浮生福慧可双全。

龙华浴佛

无情玉帝斩长藤,有爱天星化牛耕。
乌饭飨时犉[①]诞日,浴尘一笑庆佛生。

小满人间

金杷甫采紫梅甘,靡草黄衰苦菜鲜。
又到麦秋蚕上蔟,人间小满是福田。

---

① 犉,即牛。

芒种风行

伯劳陇上唤秧风,梅雨榴霖拒斧生。
入静百舌芒种际,端阳粽祭九歌行。

天中端阳

蛟飞玉宇竞龙船,潮涌钱塘祭伍员。
食饮五黄包角黍,斗拼百草束丝环。

夏至升平

江风满树马蜩鸣,解角斑龙趁草行。
竹翠荷青生半夏,牧儿顶踵是升平。

分龙抢水

二十雩舞怕晴空,分水扬天促懒龙。
雨顺风调民富庶,演习消火保繁荣。

小暑宜人

蝉声断续送熏风,檐下吟蛩待月升。
鹰鹫翔天逐晚日,初伏槐雨落三更。

半余小年

星值南斗半年圆,红曲糖团祭雨官。
六月连阴金遍地,康宁福寿到人间。

天贶晒衣

草庵弘历曝龙衣，野苑竹坨晒肚皮。
浴狗今年得谷秀，翻经来世作游丝。

大暑行雨

伏中金气运荒庭，腐草余滋幻火萤。
土润瓜瓞消溽暑，风雷大雨好时行。

观音大悲

坐莲妙善大悲心,千手寻声救苦民。
吃素守斋来许愿,求福得子谢观音。

荷节采莲

田田碧处藕花开,莲女舟歌伴客来。
报采茂藻结并蒂,爱荷濂俭胜夫差。

（三）秋

立秋遣怀

末伏风雨未觉凉，鹊噪七夕乞巧娘。
岁至中元田满露，秋蝉无事唱斜阳。

秧门关日

秧门开日鲞糕香，栽剩余苗种埭旁。
汰脚秋来田曲唱，黄禾插好望爷娘。

兰夜乞巧

鹊桥织女会牛郎,私语招来俏巧娘。
兰夜穿针遥对月,种生求子两鸳鸯。

中元秋尝

云吞秋祭好收成,欢喜佛节度众生。
焚楮孝儒纷祀祖,地官赦罪放河灯。

处暑禾登

璇霄河汉起金风,鹤舞蛩吟地肃澄。
秋虎守台鹰祭鸟,稻花香里祈禾登。

地藏大愿

黄昏童稚捡砖忙,作塔还烧九四香。
报恩孝亲七月杪,真言地藏诵吉祥。

月诞天医

珠凝秋叶月光凉,村妇晨前采露忙。
研点天灸驱百病,南宫朔日祀岐黄。

白露候归

庭阶白露点苍苔,碧水惊秋几雁来。
群鸟养羞归燕去,篱边金翅为君开。

八寺瑶池

人间四塔聚香缘,天上瑶池宴众仙。
礼敬娘娘金饭碗,求得八字运周全。

中秋团圆

吴刚伐桂桂尤香,玉兔蟾宫捣药忙。
共庆丰收尝饼酒,燃灯赏月忆明皇。

潮节祭神

钱江天下第一潮,八月十八涌最高。
卅万人声叠浪响,潮神坛上祭旗飘。

秋分桂香

雷收云散半秋光,气爽风清桂子香。
稻获粟丰时岁稔,蛰虫坯户始余藏。

十成丰收

农家四季种田忙,一岁丰收谷满仓。
奉上油糕新米饭,还祈十美好年光。

稻日祈晴

桂秋黄糯喜骄阳,稻日干柴谷米香。
廿四不空仓脚地,丰年要谢灶娘娘。

寒露伤秋

蒹葭采采露秋寒,鸿雁嘎嘎日色潜。
饥鸟化蛤归巨海,黄花开遍祭衰兰。

重阳踏秋

菊黄箬赤野辞青,兄弟登高踯躅行。
萸酒香醇蓬饵腻,但求大火浴三星。

霜降息藏

江枫红酿降荻霜，云稼金贻落木黄。
菊盛蟹膏豺祭兽，携蛮蛰地待春阳。

（四）冬

立冬景时

冷霜冻地水披冰，红叶纷飞落满庭。
雉化蜃蚨生海市，橙黄橘绿景时行。

民岁寒衣

孟姜千里送寒衣，烧纸还阳蔡莫妻。
民岁腊节红豆饭，糍粑黍臞祀先慈。

完冬下元

寒江冰月夜无眠,丹叶霜天又下元。
须祷风调祈雨顺,牵耆做饼祭三官。

小雪地封

天升地降未交织,不见虹霓亥月时。
荷败仅留积雪梗,菊凋犹抱傲霜枝。

太乙诞日

晓霜晚雪正冬寒,救苦天尊解厄艰。
心有阳光人世暖,四一^①晴好兆嘉年。

大雪忆旧

寒号不语待瑶花,李耳求凰向雪崖。
黄草萌新唯马蔺,童谣梦里是玩家。

---

① 四一,即农历十一月十一日,太乙诞日。有农谚:"冬月十一天气晴,来年雨水等常情。"

冬节亚岁

九秋枫色入肥冬，十月酒香醉瘦松。
北雁南来食饭稻，左杯右蟹会诗公。

冬至梅香

冬节进九诞一阳，气动深泉腊木香。
鸣砌曲结麋解角，参差又欲领春光。

小寒清曲

穷冬三九落寒晖,万物知春雁北归。
鹊筑暖巢偕雉唱,雪梅独秀俪兰催。

腊八成道

梵音雪色映红墙,七宝佛粥五味香。
争嚼腊冰驱百病,嘉平清祀益福康。

百福纳财

朝真太素百福来,剪纸贴花避祸灾。
礼拜马头收瓮茧,敬亲睦友纳丰财。

大寒鹰征

残冬寒腊雪难晴,阶冻银床宇挂凌。
巽羽乳稚窝里暖,尾牙节祭效征鹰。

小年祭灶

隆冬四九迫年根,腊月廿三祭灶神。
男子烧钱还酹酒,女儿剪纸又除尘。

除夕守岁

小儿祝颂庆团圆,长辈欢心赠拜钱。
春晚钟声辞旧岁,开门炮响又新年。

（五）七十二候咏

四季周行

天地八荒，大道为易。日月不居，昼夜交替。
五日乃候，三候成气。六气曰时，四时为祀。
乾以行健，自强不息。坤以载物，哺育苍黎。
春生夏长，秋收冬匿。物候有信，周行如斯。

孟春雨生

立春元始，红日光明。新岁佳时，东风解凌。
化雪为息，蛰虫始醒。江河涌流，鱼陟负冰。
雨水日和，梅香清轻。塘青岸深，水獭祭鲭。
瘦竹摇影，候雁北行。雨随惠风，草木萌青。

仲春升分

惊蛰风轻，畦披锦绣。李吐丹荣，桃生芳秀。
白鹭巡田，鸧鹒鸣柳。牧歌云谣，胡鹰化鸠。
春分日中，花朝会友。青茵露桃，玄鸟归留。
春山马嘶，长空雷吼，伊地气暖，云天电游。

柳节谷雨

清明雨霏，故思悠伤。郊村杏艳，梧桐花香。
柳扬絮雪，鼠化鴽疆①。野飞纸鸢，虹现穹苍。
谷雨水柔，塘绿波扬。池生荷钱，萍亦萌长。
秀麦盈野，鸣鸠羽裳。蚕细如蚁，戴胜降桑。

---

① 疆，即疆疆，鸟群飞相随之意。

槐夏小满

立夏思倦,莺啼春老。树静月明,蝼蝈夜噪。
昼长风熏,蚯蚓出巢。雨过梅熟,王瓜复茂。
小满地泽,禾俊稼骄。垄头红浅,苦菜秀好。
荚豆绿肥,靡草黄焦。蚕熟茧香,麦秋食饱。

芒种长日

芒种田忙,四野秧风。梅雨榴霖,螳螂孵生。
蚕开晚簇,伯劳催耕。渌沼菱歌,反舌无声。
夏至养日,牧儿升平。犊行趁草,鹿角脱赠。
城深树苍,蟛蛦①则鸣。竹翠荷青,半夏阜盛。

---

① 蟛蛦,蝉之意。

盛夏伏日

小暑精阳,早稻将实。槐雨初伏,温风热至。
蜩唱续断,蜂居宇底。游蜂怜色,幼鹰学挚。
大暑伏中,庭起金气。熠流炎蒸,腐草萤集。
床炙野薰,土润暑滞。泽国龙吟,大雨行时。

白藏处暑

立秋中元,鹊桥联星。荷香盈堤,西风清冷。
阶桐明月,白露降凝。鸦啼斜阳,寒蝉长鸣。
处暑金风,粳香芜菁。秋虎守台,鹰祭鸟牲。
月华浑圆,天地肃澄。鹤舞蛩吟,禾乃丰盈。

白露桂秋

白露桂芳，碧水惊秋。蕙草芜歇，雁来歌愁。
阶点苍苔，燕去难留。叶黄秋实，群鸟养羞。
秋分宵中，稻香沾袖。天高云散，雷声始收。
粟稔藏余，坯户蛰休。气爽风清，水始涸流。

寒露霜辰

寒露秋晚，空庭重阳。凤凰于飞，鸿雁来翔。
风入蒹葭，雀化蛤蚌。兰衰荷败，菊华娇黄。
霜降授衣，羁旅无恙。寒声入桐，豺祭兽享。
云稼金贻，草木黄降。菊盛蟹膏，蛰虫伏藏。

冬节小雪

立冬阳遂，二气相交。岸生白苇，水冷冻蛟。
庭飞红叶，地寒冻草。橙黄橘绿，雉化蜃珧。
小雪应钟，霜剑风旗。烟横高树，虹藏穷奥。
云轻河淡，地降天高。残菊抱枝，塞冬寥萧。

正冬亚岁

大雪折竹，衾冰枕冷。日暮山远，寒号不鸣。
昆岭雪崖，虎始交颈。旅梦故人，荔挺独萌。
冬至养夜，阴伏阳升。潜蛰地中，蚓结如绳。
谷生新正，麋角始更。腊木香动，深泉流迸。

小寒腊冬

小寒大吕，瑞兆可期。清禽百啭，雁归乡栖。
野梅含笑，鹊营巢枝。恩闾有情，雉鸡争啼。
大寒残冬，天似浑仪。事有依归，巽羽乳稚。
腊酒盈樽，征鸟厉疾。寒极孕春，泽冻腹实。

候顺岁祥

冷暖有常，雨旸有止。其乃正气，万物皆滋。
循时守序，尊令有持。其乃佳节，百姓咸益。
五谷丰登，六畜兴殖。其乃瑞年，众生相颐。
风调雨顺，国泰民利。其乃盛世，万邦归一。

第四章 嘉禾恋歌

棹歌之恋

瀛洲烟雨棹歌风,秀水红船火种生。
金九船娘真意远,南湖诗侣伴莎翁。

月河之恋

坛弄严子厌承明,饮马嘉禾水驿兵。
兜里唐兰多烂漫,花间体艳表真情。

梅湾之恋

运河湾里驿梅开,象徵①钧儒影在怀。
人世珍奢唯有爱,辅成金九退阴霾。

三汇之恋

嘉禾驿后梦得房,分水南流入汉塘。
还忆西陵苏小小,秀城三汇客寻芳。

---

① 象徵,为嘉兴名士沈钧儒夫人张象徵。他们相爱一生,沈钧儒写给妻子的《影》中提到:"君影我怀在,君身我影随。"

文生之恋

百年道院运河东,明远传音爱始终。
千载禾城真气度,非遗欧建贯西中。

筒仓光阴

八旬囷廪依汉塘,泽润嘉禾浙北仓。
渔里未来连往旧,陆离光影梦归乡。

城野之恋

田园梦想是真实,邻里中心美景奇。
种子未来新城市,乐居创业两相宜。

梅里之恋

曝书梅里浙西歌,百韵风怀感弱德。
长水沃原仓廪满,斑斓光影俏嘉禾。

军旅之恋

米乡秀水启红船,科技国防育少年。
军纪严明赢百战,旅囊背好上征辕。

牛牛之恋

禾城秀水稻香幽,梅里人家养奶牛。
食汝草茅还尔乳,哺泽乡井爱无休。

长虹一粟

运河秀水入闻川,漕运千帆往北南。
一粟禅声连旧梦,长虹桥畔续新篇。

陶仓理想

闻川自古稻渔乡,甸上陶家谷满仓。
碧野红墙新理想,荷塘万亩水芝香。

永红莲梦

葛家桥畔井泉香,神润斋中百卉芳。
田野自然学校闹,永红莲海好风光。

能仁荷韵

新塍古镇枕澜溪,隔水蓬莱寿杏奇。
陆贽舍宅福业院,能仁荷韵忆弘一。

莲泗荷田

荷风千亩漾香涛,莺雀栖飞菡苕摇。
遥祭刘公洲上塔,爱莲红粉唱花谣。

归田千四

竹垞名教育高徒,梅里词家辈有出。
沈唱棹歌闻古韵,青青乐地好耕读。

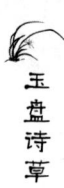

归田庆丰

苦读寒暑展鹏程,修垦春秋喜庆丰。
长水古来多秀色,千年梅里沐新风。

归田南梅

大横港北庙浜平,蝉唱林荫夏气清。
宜晚园中石井老,南梅新景正时兴。

归田七湾

七湾聚宝四园藏,百亩梅林傲日光。
垂钓清波花海浪,石头故事透芬芳。

归田虹桥

同柏故里访虹桥,櫹李鲍尊技艺高。
蚂蚁王国童趣满,桃花岛上丽人娇。

归田零宿

下仁零宿状元郎,古树繁花岁岁香。
宋井水泽桑梓里,河清园绿养生乡。

归田古塘

古塘泾上忆秦帆,渔歌炊烟灶画间。
公泰和中传旧技,肖家荡里竞千舢。

可可之恋

南风清软送澄芬,五月迷情最美辰。
可可豆来歌斐颂,幽约甜蜜梦中人。

羊羊之恋

千年窑火佑西吴,畜旺粮丰百姓足。
国漫赋能生命树,羊村欢乐彩虹铺。

濮院古镇

三春红里探濮川,柔水黄前掩柳烟。
福善塔头辉映月,语儿桥下橹声喃。

马鸣风荷

步云桥下寿溪长,百米村街老店忙。
马鸣王前观斗戏,桃花岛上渚莲香。

第五章 海盐行歌

(一)南北湖之山海湖天

南北湖色

分湖南北鲍公堤,翠山黛岭锦云披。
白鹭洲头高士会,蝴蝶岛上爱佳夕。

谭仙古道

青山古道翠湖平,白马佳人岭下行。
云岫庵前听梵呗,鹰窠顶上看潮兴。

观湖寻潮

群山怀里翠湖南，罗刹江头首道湾。
潮涌钱塘源澉浦，鹰窠顶上望石帆。

泛舟湖上

泛舟湖上揽春山，遥想妆楼唱曲班。
小宛葬花梅影处，蝴蝶白鹭各一边。

翠湖揽天

朝阳红染翠湖山,展翼游天瞰镜涵。
乌落涌金江海满,还邀日月共出泉。

骏马之恋

茶磨竹海隐云村,高士烟波忆贯云。
盐曲古今歌义士,南山策马向昆仑。

北里湖莲

野鸭岭下放舟亭,荷曳蒲摇赋胜情。
流水曲桥杨树老,橘林小院诵莲经。

澉浦古镇

千年唐镇冠嘉禾,旧港依稀宋韵歌。
南戏首腔源澉水,月城缮复走舟车。

甪里小村

秦时泊橹候潮平,宋地村庄堰始名。
甪里朱家勤有道,乡贤反哺百门兴。

（二）绮园之宅园街馆

冯宅绮园

绮情三乐燕泥香，园苑九思丽景藏。
古县千年乡井老，名伶犹唱海盐腔。

探博物馆

秦皇置县至王盘，千古沧田煮卤咸。
杨子曲腔南戏首，海般大气朴如盐。

三毛画馆

折根芦苇画沙滩,成就三毛在沪盐。
流浪从军终自善,爱如慈父暖人间。

元济书馆

涉园张展到涵芬,扶助公学乐善仁。
百衲元功编四部,守真济化见精神。

天宁禅寺

四迁盐邑武原乡，八面浮屠镇海疆。
大变阁中佛慧照，天宁永祚世安详。

国风北街

盐平塘入北街来，两岸喧声看盛衰。
古韵国风新市坊，休闲文艺客登台。

（三）乡旅之绿野仙踪

五月之恋

沁意青山碧水间，沐情桃陌柳蹊闲。
云何雪月风花事，沧浪诗田酒满园。

诗田之恋

嘉林秀水沃原野，境弄圩墙村墅居。
天下悠游无恋处，成归诗酒伴竹菊。

老镇沈荡

沉塘泽地古彭城,千载光阴九老恒。
官酱园中出好酒,余华以笑写苍生。

永宁莲香

汉塘水港到贲湖,深巷寻得老酒壶。
沈荡石桥接大庙,永宁荷苑赏莲蒲。

状元故里

沁意多多与九郎,沐春诗赋郦亭芳。
云长青海书秋晚,仓雅传家万世昌。

莓莓之恋

状元故里夏初临,绿野芬芳醉入心。
莓美果香红紫色,奶昔冰镇味出新。

归田茶院

蛙歌蝉唱稻花香，茶院田出富硒粮。
产业振兴村景美，问禅金粟是心乡。

茶院金粟

赤乌旧事史碑彰，茶院新声稻麦香。
浴火重生金粟寺，八方万代庇佛光。

茶竹之恋

黄家山麓鸣编钟,揽翠湖间隐玉龙。
乡舍煮茶茗有道,竹风留客绿荫中。

岭野之恋

丰山为矿岭成湖,岸秀波平若月出。
旧穴防空今洞景,残坡高处望云舒。

猪猪之恋

屋中有豕乃为家，人爱嘉黑会产伢。
得幸青莲姻懿贵，萌猪世界梦无瑕。

隐马文溪

文坞自古小桃源，溪碧茶香井满泉。
隐骥青山击寇孽，马河有道好巡盐。

古村朱家

田间香草满枝花,紫气东来野到家。
远客近友纷掠艳,古村新貌惹人夸。

雪水乐郊

乐郊雪水注山前,小宛飘居变阆园。
美丽乡村来共建,吾乡矢志做标杆。

北团看馆

鲍郎北正宋盐咸,军旅村园尚朴廉。
产业振兴齐努力,文明五馆展风颜。

澉东十凤

信鸽救主化凰山,东北雄关澉水安。
沪上良材吴氏品,棉花十凤美名传。

永福荷池

碧池三里夏荷开,榭上风华四面来。
尚忆知青红岁月,而今农创大平台。

（四）海岸线之风水电光

海风之恋

王盘洋上起南风，望海马嘶浪里城。
亘古气魂旋巨叶，千年情意电光生。

白洋梦湖

白洋河外海塘长，早晚潮音妙乐章。
十里醋儿今碧水，梦湖夜色丽柔乡。

融创水镇

江南六月榴花红,好汉咸来斗火龙。
水世界中娃闹海,清凉之乐夏无忡。

核电科技

始皇驻足望蓬莱,登海长桥此处开。
核电首成圆梦想,国之荣耀启将来。

观海日出

芳春晨露带花香,远近游人登海塘。
十里涛声托日起,霞光万道耀八方。

文化海塘

安知沧海是桑田,塘若鱼鳞固似磐。
佑护苍生得泰运,境开华夏第一湾。

海盐码头

王盘良港载估舟，澉浦元时大码头。
帆影依稀闻宋韵，长桥跨海到明州。

谷水朝宗

长墙御海始皇封，父子擒龙不返程。
贞妇望夫情永驻，出闸谷水共潮生。

跨海大桥

东海滔滔逐梦想,长虹漫漫越盘洋。
更得廿大定方略,勇立潮头筑富强。

（五）乡野民宿之沁沐云仓

归自谣·沁沐云仓

春水暖，丝绿团红桃柳岸，蜂飞蝶舞嬉柴犬。莺歌迎客归乡院。随心懒，纸鸢自乘东风远。

江南春·朱状元故里

桃艳艳，柳丝丝。蜂蝶嬉旧院，莺燕娱新枝。读书厅上诗声远，得砚楼头琴韵痴。

第六章 慈溪廿六闸

（一）溪上天阙
以序慈溪廿六阕

西平乐·慈溪天秀

（中华新韵　周邦彦正体）

天秀慈溪，长桥踏浪，天海一色虹凌。鸣鹤天街，杜白天镜，天岚翠屏风清。秦海汉涂今沃土，海地天一共道，天藏海堘同德，八方拢聚真情。慈孝天伦尚礼，承匠意，焠秘色天青。

句章风物，天工木艺，天宝三白，国药天精。瓯乐远、鸣天籁曲，言尽风流，岁差天候秘境，天趣文才，天隐峨眉为客星。文懿尚台，诗情四季，风荷天香，素螺天簧，寿客天心，苔华皎皎天星。

慈溪，亦称句章、慈水、溪上，为浙东古邑，湾嘴新城，地灵景秀，人杰物华。本阕为慈溪廿六阕之总阕，总领廿五分阕词意。

"天秀"为当下网络热词，意为称赞人或物厉害、完美。"长桥"及"虹"即杭州湾大桥。"鸣鹤"即鸣鹤古镇。"杜白"即杜湖及白湖。"翠屏"即翠屏山。"虹凌天海""鸣鹤天街""杜白天镜""天岚翠屏（翠屏天岚）"为慈溪山水四景，后将以"山水四阕"赏之。"秦海汉涂"即三北平原之古今变迁。"共道"意指历代慈溪人遵循自然规律围海造地之围垦精神。"同德"意指慈溪人若海盐和合淳朴之移民精神。"海地天一""天藏海塱（海塱天藏）""慈孝天伦""秘色天青"分别为慈溪围垦、移民、慈孝及青瓷四大文化，后将以"文化四阕"赞之。

"木艺"即慈溪木工技艺。"三白"即以海盐、棉花及大白蚕豆为代表之慈溪特产。"国药"即慈溪传统中药及其文化。"瓯乐"即慈溪传承发扬之越瓷瓯乐非遗文化。"天工木艺（木艺天工）""天宝三白（三白天宝）""国药天精"及"瓯乐天籁"为慈溪四大风物，后将以"风物四阕"唱之。"岁差"即以最早发现岁差之虞喜为代表之工士。"文才"即以乌斯道为代表之雅士。"客星"即以严子陵为代表之隐士。"文懿"即以虞世南为代表之文士。"岁差天候""四友天得""客星天隐"及"文懿天阁"为慈溪四类名士，后将以"名士四阕"咏之。"风荷"即张晓风之《雨荷》。"素蝉（蝉）"即虞世南之《蝉》。"寿客（菊）"即高翥之《菊花》。"苔华"即袁枚之《苔》。慈溪为首个中华诗词之城，诗人代代辈出，诗脉源远流长，"荷韵天香""素蝉天簧""菊本天心"及"苔华天星"分别为慈溪湖畔诗派、山水诗派及九叶诗派、江湖诗派,以及性灵诗派名家诗词之诗意,后将以"诗意四阕"歌之。

（二）文化四阕

以赞溪上围垦、移民、青瓷、慈孝四大文化

聒龙谣·海地天一

（中华新韵　朱敦儒正体）

海地天一，翠屏北望，越海唐涂宋地。江送溟推，巨渊平原起。比精卫、名匠塘工，捍海塘、御涛千里。雪盐出、地淡生棉，越瓷美，翠如璧。

佑三北，古今堤，始皇高塘渡，峨眉裘逸。双河堰上，盛唐官塘辟。大古塘、历宋元明，塘有六、护民安邑。筑新塘、热土前湾，向潮头立。

本阕为"文化四阕"首阕——围垦。三北之地,由历代三北人民经几千年艰辛围垦而成。"天一"即天人合一,沧海桑田之变迁,为大自然与人类共同作用之结果。敬畏自然而无畏艰辛,围海造地之历程,造就慈溪人开天辟地之豪迈精神及艰苦奋斗、坚韧不拔之务实创业精神。

"越海"即勾越之海,春秋吴越之际,三北为越东北一片海域,直至秦时仍为后海,至汉时为滩涂,唐时为盐灶,宋以后方为良田。"溟""巨渊"均为海之意。"比精卫"即堪比精卫,指如精卫填海般围海造地。

"始皇"即秦始皇。"高塘"即目前已知最早古海塘——慈溪龙山镇方家河头村山腰之高塘。"渡"即凤浦徐福东渡之地。"峨眉"即石堰陈山,古称峨眉山,自达蓬北麓窖湖塘至陈山一线有汉代古塘遗迹。"裘逸"即羊裘隐逸,借指归隐陈山之严子陵。"双河堰"为中横塘犹存之塘段,为唐代官塘,为唐景龙年间余姚县令张辟疆领命围筑。"辟"即张辟疆。"历宋元明"即大古塘历经宋、元、明与清四个朝代几百年的反复围筑,计有六塘,终成佑护三北大地最重要之捍海塘。"前湾"即前湾新区,时至现当代,人工围海造地进程愈来愈快,如今三北大地已成一片前景无限之息壤,成为长三角之芯核热土。

泛青苕·海堧天藏

（中华新韵　张先正体）

海堧天藏。浙水叠三移，海退涯张。昔秦海，汉涂泞，唐盐灶、宋地村庄。园田万顷生三北，聚外乡、四面八方。煮涛成雪，豆蔺茂，白叠皓稻花香。

南迁蔡汉翁唐。靖康随驾渡，大堕贫乡。山会客，入三北，赁咸地、炼卤为霜。新涂子母传沙下，卫所军、灶地仓场。融融百姓，诚朴可盐甜，恰似滩簧。

本阕为"文化四阕"第二阕——移民。三北之地由筑塘围涂而成,三北之民来自五湖四海。"海堧"即海边之地,"天藏"即海盐,泛指各类自然资源。三北大地之湖海鱼盐、园田耕养、市坊商作等资源,滋养来自四方之新老慈溪人,并造就其兼容并蓄、善于开拓、开放务实之移民文化。

"亹"即海门,钱塘江入海口。"三移"即钱塘江入海口经历从南大门、中小门,到北大门的三次大变迁,杭州以东江道北移,造成江北海进陆退、江南海退陆进。"涯"即海岸,借指陆地,"海退涯张"即海退陆进,三北秦时为后海,至汉时为滩涂,唐时为盐灶,宋以后方为良田。"煮涛成雪"即煮海为盐。"豆"即倭豆,大白蚕豆为慈溪三白之一。"蔺"即蔺草,编制草席、草帽之材料,长河草帽亦为慈溪特产,长河镇被誉为"草帽之乡"。"白叠"即棉花,慈溪为"棉花之乡"。

"蔡汉翁唐"即汉唐之前已有北方巨族南迁进入慈溪,东汉灵帝建宁元年(168年),蔡本及其母党妻党从陈留迁至姚江石人山(位于现匡堰镇)之南,唐德宗年间,翁承训一族从山南金川迁居鸣鹤。"随驾渡"即宋靖康之乱时期,北方大族随驾南渡,大规模南迁进入慈溪。"大堕贫乡"即历代堕民南迁进入慈溪,三北习俗中有俗称"大堕贫"者。"山会客"即绍兴山阴会稽(今越城区和柯城区)一带客民,清早期大批客民东移进入三北,租赁盐碱地刮泥煮盐。"子母传沙"即明代的新涨海涂子母传沙政策,三北周边土著自发下迁,开发荒涂淋卤,涂老地淡后垦植木棉、豆、麦。"灶地仓场"即明成化年间为解军灶争地纷争而出的《姚灶成规》,此规定保护灶丁利益，调动母沙户主筑塘围陆积极性。"可盐甜"即可盐可甜，为当下网络新词，意为既善良宽容，又有独立个性；"滩簧"即余姚滩簧，为三北地方戏种，其在保留本地传统的同时兼收苏沪淮滩簧特色。

向湖边·秘色天青

（中华新韵　江纬正体）

秘色天青，千年窑火，独借得群峰翠。岁月泥胎，焠冰心秋水。四海连、瓷路开端，上林湖畔，遥望盛唐船队。旧影憧憧，越碗新茗醉。

宝器天成，匠意通神鬼。圆似月魄起，轻如云魂坠。诗画八棱，几朝君臣会。古窑今生更添新贵。乐瓯鼓、钟磬共鸣其庆瑞。驿路重兴，万舸慈溪汇。

本阕为"文化四阕"第三阕——青瓷。慈溪为越瓷源地，唐代文献多有记载，陆羽《茶经》有"碗，越州上"的记载，上林湖越窑遗址则有更多实证，慈溪为秘色瓷最主要烧造地。"天青"即秘色瓷，上林湖为唐宋越窑中心窑场，为唐至北宋全国窑业中心，代表当时青瓷技术最高成就，慈溪亦成为海上丝绸之路的一个重要起点。青瓷技术体现了慈溪人农商皆本、经世致用之务实开放精神以及精益求精、勇于创新之独特秉性。

"群峰翠"语出唐代陆龟蒙《秘色越器》"九秋风露越窑开，夺得千峰翠色来"。"泥胎"语出唐代顾况《茶赋》"舒铁如金之鼎，越泥似玉之瓯"。"冰心"语出唐代陆羽《茶经》"则越瓷类冰"。"秋水"语出唐代许浑《晨起·桂树绿层层》"蕲簟曙香冷，越瓶秋水澄"。"越碗新茗"语出唐代孟郊《凭周况先辈于朝贤乞茶》"蒙茗玉花尽，越瓯荷叶空"。

"圆似月魄起"语出唐代皮日休《茶瓯》"圆似月魂堕，轻如云魄起"。"八棱"即八棱瓶。1987年，陕西扶风法门寺唐代地宫出土14件唐代越窑青瓷，同在地宫出土的衣物帐碑上将这些越窑瓷明确记载为"瓷秘色"，其中一件越窑青釉八棱瓶亦属秘色瓷。"君臣会"语出明代陆深《元旦日蚀》"当其君臣会，灾祲岂能久"，指秘色瓷乃皇家器用，自然拥有高贵瑞祥之气。

万年欢·慈孝天伦

（中华新韵　晁补之正体）

　　慈孝天伦，海滨东越地，首孝虞舜。大隐溪头，汲水董郎孝顺。君选引兵救母，翰疗亲、割肝药炖。王孜女、守柩炎中，养亲徐氏饥困。

　　弟脓血聪亲吮。五马石莫氏，治家训准。慈母严师，文俪子孙余闰。瑞岳锦堂相助，产业兴、梓乡泽润。卅七万、志愿慈溪，恻隐怜人丹寸。

本阁为"文化四阁"末阁——慈孝。"天伦"即人伦大道，母（父）慈子（女）孝为人间基本伦理准则。慈溪之名，源于东汉董黯"汲水孝母"典故，慈孝之乡，慈孝文化传承千年。慈孝文化潜移默化之间如风行水上，成为三北人伦理价值之核心，成为慈溪人言行品德之重要组成部分，成为永恒之精神、普遍之地域文化。

"东越"即勾越之东部大地，代指慈溪。"虞舜"即中华五帝之一舜帝，今慈溪横河镇石堰村尚有虞山，其孝母传说古今传承，为二十四孝之首孝。"大隐溪"即慈溪之古称，为董黯汲水之溪。"君选"即慈溪唐代孝子张无择，有"引兵救母"事迹。"翰"即慈溪南宋时孝子孙之翰，有"割肝救母"事迹。"王孜女"即慈溪王孝女（清代王孜之女），有守母之棺于大火而殉身之事迹。"徐氏"即慈溪徐节妇（明代金杰之妻），有"乞食养亲"事迹。

"聪"即慈溪明代孝子胡维聪，有"吸脓血救弟"事迹。"五马石"即南宋时皇帝为表彰慈溪莫太夫人慈孝事迹而钦赐之五马石，莫太夫人撰《胡氏家训》抚育子孙而家族兴旺。"文俪"即慈溪明代女诗人杨文俪，为慈母严师之典范，开创孙家境孙家"太夫人成四子进士，而不遗其一女"之盛境。"瑞岳"即慈溪民国时期孝子、宁波商帮中坚虞洽卿。"锦堂"即慈溪民国时期爱国侨商吴锦堂。"梓乡泽润"指虞洽卿、吴锦堂等慈溪乡贤捐资，为家乡兴实业建公益。"恻隐怜人"语出《贾子·道术》"亲爱利子谓之慈，恻隐怜人谓之慈"。"丹寸"即赤诚之心，慈溪三十七万志愿者胸怀"老吾老以及人之老，幼吾幼以及人之幼"之赤诚"恻隐怜人"之心，传承并弘扬千年慈孝文化。

（三）山水四阕

以赏溪上青山、碧水、古镇、长桥四处风景

慢卷绸·翠屏天岚

（中华新韵　柳永正体）

翠屏天岚，风光百里，三北三江揽。贝丘海洋源，凤浦秦津，筋竹窖湖，仙霞龙眼。五磊藏云，岭墩屏障。杜岙双湖滟。九曲岭清溪，栲栳仙居，松浪飞涧。

横筋线贯。西东景、万载沧田渐。客星史流风，燕翼烛溪孝义，秘色上林湖畔。杜若白洋，药香鸣鹤，文懿清泉院。浙东大筹谋，阆苑中央，甬上伊甸。

本阕为"山水四阕"首阕——青山。"翠屏"即翠屏山，横亘于慈溪南部之山丘地区。"天岚"即山中雾气与天光交融之美景，指山中美景。翠屏山为慈溪三北大地最早开垦繁衍之地，8300年之人文历史和文化传承，当之无愧亦为慈溪文化之根之脊。

"三江"即翠屏之南三江平原，翠屏若顶天巨人，双手揽起两侧百里沃野，护佑三江、三北两大平原。"贝丘"即贝丘海洋文化遗址，翠屏山井头山遗址为迄今发现之中国沿海年代最早的贝丘遗址，有8300年历史，为甬上（宁波旧称）海洋文化之源。"凤浦"即龙山镇之凤浦岭，下有凤浦湖，为秦代徐福东渡启航地。"筋竹"即龙山镇筋竹村，有桃花岭下段古道，旁有窖湖。"仙霞"即仙霞古道。"龙眼"即方家河头村之龙眼井。"五磊藏云"即苍翠之五磊山、雄伟之五磊寺、清幽之藏云溪。"岭墩屏障"即长溪岭之长溪关，素有"浙东屏障"之称。"杜岙"即里杜湖起点杜岙村。"九曲岭"即溪流潺潺之倒爬岭。"栲栳"即栲栳山，奇树怪石，溪涧飞瀑，故又名仙居山。

"横筋线"即西起横河镇，东至筋竹村之最美越窑文化乡野风情道。"燕翼"即燕翼堂，横河镇孙家境村孙家祠堂，旁有烛湖。"秘色"即青瓷，上林湖为越窑青瓷古窑遗址所在地。"鸣鹤"即杜白湖畔之鸣鹤古镇，以国药文化为特色。"文懿"即唐代名臣虞世南。"清泉院"即定水禅寺。"大筹谋"即翠屏山中央公园之大规划。"阆苑"即传说中神仙居住之地。"伊甸"即浪漫幸福之地，翠屏中央公园将成为浙东一处人间仙境。

梦横塘·杜白天镜

（中华新韵　刘一止正体）

杜白天镜，三北明珠，翠屏溪汇流潆。淼碧烟轻，杜若佼、春香秋姘。高坝平湖，外村居绕，里青山映。远伯施定水，近大昌屋，清风盛、红旗竞。

灵龙梦辟白洋，鸥游七塔畔，梵呗清影。贾药湖涯，乡乃盛、药诗相禀。有诗社、竹枝万曲，咏唱人间好风景。水利双湖，二天福造，万家生佛领。

本阕为"山水四阕"第二阕——碧水。"杜白"即杜湖及白湖两湖,合称"姊妹湖",为翠屏山众湖之中最秀丽、最有故事之湖。"天镜"即能映照天光山色之自然之境,借指杜白两湖,杜白两湖于观海卫20万百姓生计之重要性,被誉为"二天"。

"濛"指水回旋。"溪汇流濛"即翠屏众溪之水汇入杜白两湖,水流于两湖之间回旋,水光潋滟,风光一派。"妌"指女子贞洁安静。"春香秋妌"即杜湖碧波万顷,暮春水中杜若花开,满湖幽香,初秋天高气爽,杜若草药收摘以后,湖上平静安谧,若贞洁安静之大家闺秀。"伯施"即虞世南,相传其故居在定水禅寺。"大昌屋"即杜湖北岸之宓大昌堂屋,为浙东区委成立之所。

"灵龙梦"即唐中宗之白龙梦,为白洋湖名称之由来,白洋湖若小家碧玉般清秀。"辟"即唐代余姚县令张辟疆,曾修建白洋湖,将其与杜湖沟通。"七塔"即金仙寺南门外,立于白洋湖水中之七座佛塔。"梵呗"即念经之音。"贾药湖涯"即于白洋湖畔鸣鹤古镇经营药材。"禀"即赋予,"药诗相禀"即鸣鹤人以经营药材发家致富,不忘诗书礼仪,兴学重教,子弟从小读背《药性赋》《汤头歌》,出现更多巨贾儒商,慈溪亦成为药帮三溪之首溪。"诗社"即白湖诗社,为鸣鹤镇叶氏兄弟所建,为两宋以来甬上唯一家族诗会,诗会以《白湖竹枝词》享誉两浙诗坛。"万家生佛"即观海卫百姓对吴锦堂之尊称,吴锦堂曾出巨资修浚杜白两湖,兴办学校培养人才,造福乡里。

意难忘·鸣鹤天街

（中华新韵　苏轼正体）

鸣鹤天街。杜白微碧挽，五磊青携。虞楼天影探，七塔霁云挟。盐味远、药香迷。彭祠煮盐帖。叶宅深、回廊走马，六第依接。

日斜幽巷驳阶。翠柳夭桃岸，侣燕仙蝶。寻诗田古圣，觅药地清杰。吴语软、越声谐。倚栏曲三叠。子鹤应、立诚笃至，万载无竭。

本阕为"山水四阕"第三阕——古镇。"天街"即鸣鹤古镇。宋元时,鸣鹤场盐业发达,为浙江盐都,鸣鹤因盐而兴;明清之际,鸣鹤药业兴起,带动慈溪国药产业发展,最终成为药帮三溪之首溪;民国时期,鸣鹤古镇丁户计千户,经营药业计800户,药行老板经理计200人,鸣鹤因药而盛。而今古镇虽无往日熙来攘往之商旅,然尚留往日国药文化及儒商文化之旧踪余韵,宛若天街仙境。

"微碧挽"即古镇揽挽杜白两湖之碧色微澜。"青携"即古镇扶携五磊山峦之翠色。"虞楼"即虞氏测天楼,东晋大儒虞喜曾于此测天影。"七塔"即立于金仙寺前白洋湖中之七座佛塔,与水光霞色相映。"盐味远、药香迭"指古镇因盐而兴,因药而盛。"彭祠"即彭公祠,祠中正殿壁上有彭昭亲描之《恤灶图八咏》。"叶宅"即鸣鹤国药巨商叶心培家族之大宅,鼎盛时有六大房宅院,留存完好者尚有廿四间走马楼、小五房等。

"幽巷"语出唐代韦应物《神静师院》"青苔幽巷遍,新林露气微"。"夭桃岸"语出清代曾维桢《题吴蘦畦先生春江载酒图》"沿岸柳毵毵,夭桃红绽玉"。"仙蝶"语出清代管干珍《太常仙蝶歌》"锡名仙蝶送归署,异数一日传金台"。"诗田古圣"指鸣鹤虞世南、丁鹤年等名儒。"药地清杰"指叶心培、吴锦堂等鸣鹤巨贾儒商。"曲三叠"指鸣鹤叶氏家族开创的白湖诗社之《白湖竹枝词》,吟咏家乡人物风景;亦指鸣鹤非遗"三北古乐"。"子鹤应"语出《周易·中孚》"鸣鹤在阴,其子和之",王弼注"立诚笃至,虽在暗昧,物亦应焉",借指鸣鹤人诚信经营,代代相传,以兴乡邦。

瑶台月·虹凌天海

（中华新韵　无名氏正体）

虹凌天海，秦蟛蛛，神驱石海东外。桥通甬禾，东南形胜观采。浙江潮、倒海摧山，长桥固、宽途无碍。八十里，霓七彩。跨浊浪，越千载。鲲栖浦屿，龙出瀚海。

宓大昌、红船血脉。五磊筋竹橙风摆。方家黄银杏，古樟绿盖。越窑瓷、秘色天青，智慧谷、高科蓝海。秘监儒，紫袍带。七色汇，三白皑。鸿鹄展翅，如潮豪迈。

本阕为"山水四阕"末阕——长桥。杭州湾跨海大桥北起嘉兴市海盐县郑家埭,南止于宁波市慈溪市水路湾,全长36千米,2008年竣工通车时为世界第一长桥,为我国自行设计、投资、建造及管理之特大型交通基础设施。大桥栏杆自南而北油漆成赤、橙、黄、绿、青、蓝、紫七色,宛若彩虹挂于海天苍茫一色之杭州湾之上,巍巍壮观,令人遐想无限。

"秦蝃蝀"语出唐代顾况《送从兄使新罗》"蟾蜍同汉月,蝃蝀异秦桥",蝃蝀,即彩虹。"神驱石"为秦始皇架石桥之典故,《三齐略》有记:"秦始皇作石桥于海上,欲过海看日出处。有神人驱石,去不速,神人鞭之,皆流血,今石桥犹赤色。""倒海摧山"语出元代叶颙《浙江潮》"滔天浊浪排空来,翻江倒海山为摧"。"鲲栖浦屿,龙出瀚海"语出黄郁贤《望海潮·杭州湾跨海大桥》"龙越浩洋,鹏栖浦屿"。

长桥之七色彩虹对应慈溪之风物。"方家"即龙山千年古村方家河头村,村里有一片秋黄之古银杏,亦有四季浓绿如盖之古樟。"高科蓝海"指慈溪新兴高科技产业蓬勃发展,终将形成一片可开拓创新之蓝海。"秘监儒"即虞世南,其职秘书监,为三品以上官衔,授紫衣袍。"七色汇"即七色光融合成为白色光,借指慈溪三白特产:雪白之海盐、洁白之棉花、白胖之倭豆。"鸿鹄展翅"为海天一洲之形,借指慈溪经济如展翅之鸿鹄般腾飞。

（四）风物四阕

以唱溪上三白、瓯乐、国药、木艺四大风物

十月桃·三白天宝

（中华新韵　张元幹正体）

三白天宝，海盐倭豆素，吉贝扶疏。海聚江堆，秦后海汉滩涂。唐醝灶兴三北，盐似雪、两浙盐都。咸菁渐去，阡陌交通，田亩皆熟。

棉花姑娘美名出。浙卉利东西，闽粤荆吴。妙技姚江，棵稀干短壅足。捉花廿四分半，间种豆、棉豆轮扶。慈溪玮宝，海外驰名，完胜三乌。

本阕为"风物四阕"首阕——三白。三北百姓筑塘围陆，湖海鱼盐，园田耕养，市坊商作，造就以海盐、棉花及倭豆三白为代表之慈溪特产，成就慈溪浙江盐都、棉花之乡、草帽之乡美名。

"倭豆"即大白蚕豆，慈溪人称倭豆。"吉贝"即棉花。"扶疏"语出宋代宋庠《涉淮汦清迫于冰涸舟次下邳先寄彭门赵侍御二》"不忧芳岁晚，松柏自扶疏"。"海聚江堆"即三北之地成因主要为钱塘江泥沙俱下加之东海海潮推涌之力。"蘸灶"即盐灶。"咸菁"即咸菁草，亦称咸菁子。

"棉花姑娘"即周恩来总理对原慈溪县委书记黄建英之美称。"浙卉"即浙花，明代徐光启《农政全书·蚕桑广类·木棉》有记"浙花出余姚，中纺织，棉稍重，二十而得七"。"闽粤荆吴"语出清光绪《余姚县志》"皆植木棉，每至秋收，贾集如云，东通闽粤，西达吴楚"。"妙技姚江"即"余姚法"，《农政全书》记其十四字诀"精拣核，早下种，深根，短干（秆），稀科，肥壅"。"捉花"即采摘棉花，语出清代潘朗《海村竹枝词》"海角秋风白露纷，甬江争拥捉花人。群传上巳青蛙叫，今岁棉花廿四分"。"轮扶"即交替扶持，指棉豆间作过程中，棉花与蚕豆由于生长期之先后，产生高下之分，形成相互扶持之状。"玮宝"即瑰宝意。"三乌"即绍兴三乌特产乌篷船、乌毡帽及乌干菜。

古香慢·瓯乐天籁

（中华新韵　吴文英正体）

续滴昼漏，瓯乐叮当，天籁犹在。鼓缶楼头，宴间曲音炫彩。阡陇底泉流，树猿吠、溪莺语怪。碧丝铃碎佩断玉，寄琴绪待郎采。

古秘色、千年风采。铺列八音，声动青脉。舞美音图，上大雅声菲外。访孝水山湖，越窑古、窑光未艾。醉知音，此情老、子期之爱。

本阕为"风物四阕"第二阕——瓯乐。瓯乐乃以"瓯"为主乐器之音乐演奏模式，《诗经·陈风·宛丘》即有"坎其击缶，宛丘之道"歌咏，至唐代瓯乐盛行，出现郭道源、吴缤、曹天德、步非烟等击瓯名家，而至宋代开始衰微，沉寂千年后，经慈溪民间瓯乐传人和政府之努力，20世纪末瓯乐复活，成为越瓷（即慈溪青瓷）文化之重要组成部分。

"续滴昼漏"语出唐代方干《李户曹小妓天得善击越器以成曲章》"昼漏丁当相续滴，寒蝉计会一时鸣"。"阡陇底泉流，树猿犬、溪莺语怪"语出唐代苟廷一《唐状元张曙与巴中南龛山麓〈击瓯楼赋并序〉》"潺湲下陇底之泉……莺隔溪而对语，一浦花红，猿袅树以哀吟，千山月午"。"丝铃碎佩"语出唐代温庭筠《郭处士击瓯歌》"碎佩丛铃满烟雨"。"寄琴绪待郎采"语出唐代皇甫枚传奇小说《非烟传》之步非烟《答赵子》"郎心应似琴心怨，脉脉春情更泥谁"。

"秘色"即秘色越器，此处借指瓯乐乐器；"八音"即金、石、土、木、匏、革、丝、竹八类。"大雅"即大雅之堂。"越窑"即荷花芯窑，为慈溪上林湖越瓷古窑代表，国家级文物保护单位，20世纪90年代，上林湖越瓷古窑群中曾出土众多越瓷瓯乐乐器，其中寺龙口遗址出土30多件唐宋青瓷乐器。"子期之爱"语出当代诗人安琪《瓯与击瓯人》"他们要做的，就是召唤出独属于每只瓯的表达，叮叮铛铛，铿铿锵锵，他们是瓯的钟子期，没错，瓯是俞伯牙"。

丁香结·国药天精

（中华新韵　周邦彦正体）

国药天精，降香千里，光耀万年青岭。杜若泽兰径，子厚朴、远志云华橘井。鹤年诗药始，君迁处、药号大挺。浮石方海，半夏续断当归故境。

功竟。药肆万金饶，浙贝麦冬丰景。叶上珠辉，重楼紫苑，佩兰经定。京墨青黛五味子，守正岐黄幸。出新青蒿素，福佑苍生百姓。

本阕为"风物四阕"第三阕——国药。词牌名"丁香结"之丁香亦为中药名,本阕为礼赞慈溪国药文化之词。"国药人才聚浙江,浙江有慈溪""国药商帮有三溪,首溪是慈溪"。慈溪鸣鹤为中华国药重镇,慈商最大历史成就为经营中药材及药堂。

"降香""千里光""万年青""杜若""泽兰""厚朴""远志""云华""君迁(君迁子)""大挺""浮石""方海""半夏""续断""当归"均为中药名,借用其字面含义。"青岭"即翠屏山,借指慈溪。"杜若"即杜湖(杜若湖),杜湖滋养鸣鹤百姓,兴国药产业。"橘井"即中医之雅称,慈溪药帮秉承"不为良相为良医,不为良医为良商"理念,笃志精进。"鹤年"即诗人、儒商丁鹤年,最早从慈溪走出之药商,而后大批慈溪药商四处经营,艰苦创业,终得成功。"诗药"语出丁鹤年《寄余姚滑伯仁先生》"诗卷自书新甲子,药壶别贮小乾坤"。

"功竟"即成功。"浙贝""麦冬"为慈溪出产之浙八味中药材。"药肆万金饶"语出宋代舒亶《和马粹老四明杂诗聊纪里俗耳十首其四》"酒罂双印贵,药肆万金饶"。"叶上珠""重楼""紫苑""佩兰""京墨""青黛""五味子""青蒿"亦为中药名,亦借用其字面含义。"经定"即慈溪药商注重读书修身,耕读传家,人人自小诵读《汤头歌》《药性赋》,许多人成为儒商,成为传承纯正国药文化之中坚。"守正"即守药帮之正、药学之正、国药之正。"岐黄"亦为中医雅称,慈溪药帮尊德守正,实乃中华中医之幸事。"出新"即出商帮之新、药业之新、中西药之新。"青蒿素"即甬上药学专家屠呦呦研究并造福天下苍生之青蒿素。

蜡梅香·木艺天工

（中华新韵　吴师益正体）

木艺天工，榫卯守千秋，宝坊斗拱。走马通天院，瑞岳伏龙舍，徽州楼栋。刺史竹荫，砖木构、抬梁穿孔。技艺承传，名山四大，永尧出众。

红木艺高低，匪关材属类，技法犹重。榫卯即诗赋，线曲直、规矩在灵动。运紫檀心，雕岁月、文思相共。骨木镶嵌，金云秘技，溪上荣宠。

本阕为"风物四阕"末阕——木艺。中华传统木艺，堪为国粹，流芳百世。慈溪民间传统木艺传承有艺有形。其艺于工匠，慈溪各级非遗传承人薪火相传；其形于建筑于器用，慈溪众多民间木艺或红木博物馆（展览馆）向世人展示中华木艺之巧夺天工。

"榫卯"为中华木艺之灵魂，无论雄伟之宫殿庙宇，还是精巧细腻之家具木艺，均因榫卯而传千秋。"宝坊"为庙宇之雅称。"斗拱"为大型建筑中榫卯结构之运用，以使建筑更为壮观。"走马通天院"即始建于清中期之桥头镇九十九间走马楼，为慈溪现存最大古建筑，走马楼、通天楼保存完整。"瑞岳"即近代宁波商帮领袖虞洽卿，其故居位于伏龙山下，为中西合璧之建筑奇葩，现为全国重点文物保护单位。"徽州楼"即位于掌起镇之徽州楼，亦为慈溪古建筑代表。"刺史竹荫"即方家河头古村之刺史第及竹荫轩，均为中华传统民居，采用抬梁或穿斗形式营建之砖木结构建筑。"永尧"即慈溪木艺非遗传承人郭永尧，其作品有仿中国佛教"四大名山"大型传统古建筑工程。

"属类"即红木之五属八类。"技法"即中华传统木艺之工艺法则：非绝对必要不用木销钉，能避免处尽可能不用胶粘，任何地方均不用铁钉及胶粘。"即诗赋"指木艺如诗赋创作，乃艺术创作，其灵魂在于线条之灵动。"紫檀心"语出宋代晏殊《浣溪沙》"为我转回红脸面，向谁分付紫檀心"。"相共"语出南唐冯延巳《抛球乐》"且上高楼望，相共凭栏看月生"。"骨木镶嵌"即骨木镶嵌技艺，为国家级非物质文化遗产，甘金云为技艺传承人。

（五）名士四阕

以咏溪上工士、隐士、文士、雅士四类名士

一枝春·岁差天候

（中华新韵　杨缵正体）

岁差天候，测天光、毕现微茫闳构。尧时昴宿，转壁宿知天走。寒峤大隐，有山骨、树头春秀。循翠微、清静明德，大匠造福寰宙。

折山曲江潮骤。海塘决、百姓殍如刍狗。莲塘叶老，经纬稻畴桑囿。呦呦鹿咏，蒿青志、壮登魁首。煤作油、悠远竹鸣，孝溪愈秀。

本阕为"名士四阕"首阕——工士。中国古代最早发现岁差、全球最早精确计算岁差之大儒虞喜为慈溪人,于鸣鹤古镇尚有测天楼遗迹记载,大隐溪为其九请不就而隐居及钻坚研微之地。

"微茫"语出李白《梦游天姥吟留别》"海客谈瀛洲,烟涛微茫信难求"。"尧时昴宿"语出《宋史·律历志》"虞喜云:尧时冬至日短星昴,今二千七百余年,乃东壁中,则知每岁渐差之所至"。"寒峤"语出清代郑溱《大隐山庄·其二》"晴光开宿雾,寒峤翠如秋"。"有山骨"语出清代王渥《大隐山即事》"石壁丁丁山有骨,烟村澹澹树无风"。"树头春秀"语出元代袁士元《题云溪寺》"树头春暖鸟啼昼,篱外晚晴云渡溪"。"翠微"语出明代李逢申《题森秀庵延青阁》"雨来青嶂外,身入翠微中"。"大匠造福"语出唐代李益《华阳东泉同张处士诣藏律诗兼简县内同官因寄齐中书》"哲匠熙百工,日月被光泽"。

"折山"语出虞喜《志林》"今钱塘江口,折山正居江中,潮投山下折而曲"。"莲塘"即大古塘(旧称莲花塘)。"叶老"即元代余姚州州判叶恒。"经纬"语出叶恒《慈溪簿白桂子芳去思碑诗》"有纬有经,遂底千里……我夫我妇,孰使田桑",借指条石纵横叠砌之重力式筑塘法。"呦呦鹿咏"语出《诗经·小雅·鹿鸣》"呦呦鹿鸣,食野之蒿",此处呦呦即诺贝尔奖获得者屠呦呦。"竹鸣"即慈溪能源专家屠竹鸣,他曾主持全球单套规模最大的煤制油(即煤作油)项目。

月中桂·客星天隐

（中华新韵　赵彦端正体）

沈碧峨眉，客星居舜乡，万古天隐。荒烟草舍，默钓今昔月，秋江霜浸。抱德归道信。道不为、羊裘鹤氅。则戒传家世，禾香万顷，村野焕霞锦。

清风一派慈溪引。简居于市林，游走宫禁。石台述理，倡浙东学术，躬耕精进。赞馀山奋亩，叹苇间、勤学不尽。露尾狐方醉，一笛酒人心月印。

本阕为"名士四阕"第二阕——隐士。慈溪石堰村陈山（古称峨眉），为东汉大隐士严光（严子陵）之故乡，因严光归葬于此山，故亦称客星山。隐逸文化为中国古代审美文化之重要组成部分，其所追求之空灵、超脱、悠然、飘逸之风神格调，蔚然成为中国文人最高之精神境界，故而严光及其故地为历代文人墨客所追崇、所歌颂。

"舜乡"即慈溪为虞舜之故乡，有虞山等古迹。"天隐"语出清代褚人获《坚瓠广集·隐说》"天隐者，无往而不适，如严子陵之类是也"。"荒烟草舍"语出元代散曲家张可久《越调·寨儿令·过钓台》"荒烟闭草堂，秋月浸桐江"。"羊裘"指道学家严光。"抱德归道信"及"道不为"语出严光《老子指归》"是以，大丈夫之为化也，体道抱德，太虚通洞"。"则戒"指严氏家训之《省身十则》及《九戒》。

"清风一派"语出清代倪继宗《客星祠》"清风一派来明月，高节千寻达紫微"。"慈溪引"语出明代徐渭《严先生祠》"如闻流水引，谁识伯牙琴"。"简居于市林"语出唐代白居易《中隐》"大隐住朝市，小隐入丘樊……不如作中隐，隐在留司官"。"石台"即宋代慈溪学隐、庆历五先生之一的杜醇。"躬耕"语出宋代鄞县县令王安石《悼四明杜醇》"隐约不外求，耕桑有妻子"。"馀山"即清代慈溪学隐、布衣学者劳史。"奋亩"语出清末民初徐世昌《清儒学案》"馀山自奋陇亩之中，名立而教成"。"苇间"即清初三布衣之慈溪学隐姜宸英。"露尾狐"语出清代洪亮吉《北江诗话》"通天老狐，醉辄露尾"，他用此语评价清代慈溪才子袁枚。"一笛酒人心"语出袁枚《夜过借园见主人坐月下吹笛》"半天凉月色，一笛酒人心"。

曲江秋·文懿天阁

（中华新韵　杨无咎正体）

天阁两浙。杜湖有文懿，凌烟白鹤。博识冠儒，文华照世，墨妙天然色。轻翅勿沮慑。流光小，幽中彻。定水迢迢，青山故舍，逆流行舸。

乡客。泽山馆侧。踏清气、归庐长乐。慈湖鹅闹夜，明心乃道，添杏坛春色。五代九都堂，孙家燕翼声名赫。此漏室，革新教习，理旧典书新册。

本阕为"名士四阕"第三阕——文士。文懿,唐太宗赐虞世南之谥号。天阁,即尚书台,虞世南获赠礼部尚书。慈溪为江南文化名城,文化名士代有辈出,自有科举,计出进士五百多人,有五代九尚书之孙家。姚镆、赵文华、冯岳、冯元飙、陆瑜、乐仁厚、王来等均仕尚书。

"凌烟"即凌烟阁,虞世南为唐凌烟阁二十四功臣之一。"白鹤"语出虞世南《飞来双白鹤》"飞来双白鹤,奋翼远凌烟"。"博识"语出明代孙承恩《虞永兴公》"识综群儒,博冠当代",借指唐太宗赞虞世南"五绝"之博学。"文华"语出明代蒲庵禅师《蜀府命题所藏唐十八学士瀛洲图》"十八学士瀛洲仙,文彩照世皆貂蝉",借指"五绝"之文采。"墨妙"语出清代曹树德《读虞永兴夫子庙堂碑有感》"内含刚健外婀娜,天然墨妙超人群",借指"五绝"之墨翰。"流光小,幽中彻"语出虞世南《咏萤》"的历流光小,飘摇弱翅轻;恐畏无人识,独自暗中明",此句借指"五绝"之中直。"青山故舍"语出唐代杜甫《赠虞十五司马》"书籍终相与,青山隔故园",此句借指"五绝"之德行。

"归庐"即黄震辞官后回归乡里"泽山行馆"之居室"归来之庐"。"长乐"语出黄震《送张无梦归天台》"长歌宸翰真皇赐,袖去须知世世传"。"慈湖"即南宋慈湖先生杨简。"鹅闹夜"语出杨简《示叶元吉》"元吉三更非鼓声,慈湖一夜听鹅鸣"。"明心乃道"语出杨简《金明池·燕语莺啼》"舜曰道心,明心即道"。"燕翼"即慈溪横河孙家境之孙氏祠堂"燕翼堂"。"漏室"即慈溪现代教育家、文学家、历史学家林汉达早年曾居之陋室,撰《漏室铭》诗,此处借指林汉达先生。林汉达早年积极参与教育改革实践,曾撰《向传统教育挑战》等。

琐寒窗·四友天得

（中华新韵　周邦彦正体）

四友天得，雷琴玉振，任潇湘去。归舟杜若，弈处心兵攻御。继善君、树青似玉，二王书道颜如玉。赋诗言春草，丹青慢调，凤仪竹侣。

疏雨。江村遇。品调鼎题茗，玉壶春绪。秋泓桂子，比到京帖书续。烂柯诀、神妙江湖，观云有弈中新趣。养真庐、细画周遭，辨卉间莺语。

本阕为"名士四阕"末阕——雅士。四友为雅士之四好——琴棋书画,既为文士必备之才艺,亦为文人雅士最大之兴趣爱好,故谓之"天得"。

"雷琴"即中国古琴名琴——雷氏琴(或称雷公琴),慈溪明代名士乌斯道曾得雷琴珍藏弹奏,并作《三世雷记》,此处"雷琴"语出乌斯道《晚年病目诗其二》"我常忆雷琴,一去难再得"。"潇湘"语出乌斯道《徐梅涧先生授余琴予写曲调之意赋诗九章修禊其九·潇湘水云》"英英水上云,乃在潇湘间"。"归舟"语出乌斯道《春草杂言五首其一》"挽舟溯河流,中流绠縻绝"。"杜若"语出乌斯道《次王公中丞杜若湖泛舟》"从容杜若罗生处,荡漾芙蓉欲尽头"。"心兵"语出乌斯道《晚年病目诗其四》"何况事棋局,徒然起心兵"。"继善"即乌斯道之字。"树青似玉"语出乌斯道《徐梅涧先生授予琴予写曲调之意赋诗九章修禊其四·玉树临风》"皎皎庭前树,温温如绿玉"。"二王书道"语出乌斯道《晚年病目诗其三》"予学二王书,常在少壮日。终年应人求,运腕不停笔"。"竹侣"语出乌斯道《春草杂言五首其四》"朝选竹实粲,暮择梧桐栖",乌斯道善画山水,尤善画竹。

"疏雨"语出高士奇《笛家》"鱼尾梢残,兔华舒满,遥天淡泞,薄云忽送疏疏雨"。"江村"即慈溪清代名士高士奇。"调鼎"即慈溪清代书法陶艺名家梅调鼎,此处亦指制陶。"题茗"指梅调鼎于陶壶上题诗刻字,语出梅调鼎壶铭"林间煮茗烧红叶,石上题诗扫绿苔"。"玉壶春绪"即玉壶买春,为冯开(沙孟海之师)创造之书法境界。"秋泓"语出慈溪明代大儒桂彦良《双峰》"千里松风奏韶濩，一泓秋色潜蛟龙"。"桂子"即桂彦良。"比到京帖"即桂彦良之书法作品《比到京帖》。"观云"即慈溪象棋高手张观云。"弈中新趣"即胡士源著《橘中新趣》，书中收录张观云之残局棋谱。"烂柯"语出善棋道人《绝句》"烂柯真诀妙通神，一局曾经几度春"，慈溪名士虞喜《志林》记载："信安山有石室，王质入其室，见二童子对弈，看之。局未终，视其所执伐薪柯已烂朽，遂归，乡里已非矣。""养真庐"为慈溪画家陈之佛之故居。"卉间莺语"语出陈之佛画作《寒梅冻雀》之题诗"浓香残月玲珑影，照见花间夜鸟眠"。

（六）诗意四阕

以歌溪上春苔、夏荷、秋蝉、冬菊四季诗意

绮罗香·苔华天星

（中华新韵　史达祖正体）

苔华天星，天光不到，似牡丹芬芳竞。百亩中庭，相守碧桃溪杏。君莫扫、诗地余青，免相染、落樱春泞。几断魂、秦渡唐窑，颓垣蚨血见清净。

帖苔衣作翠屏，真逸周游观梦，四如风景。妄躺平言，凉暖各怀心境。问红叶、何物斜阳，无大匠、杜梨不命。生如蚁、而美如神，性灵即灵性。

本阕为"诗意四阕"之首阕——春苔,以慈溪清代性灵诗派大家袁枚《苔》二首之诗意为基底,融各诗家咏苔之情,重新定义"躺平"之真意。

"苔华天星"即碧绿之春苔蓬勃生长,开出满天星星般之苔花。"天光不到"语出袁枚《苔》"白日不到处,青春恰自来。苔花如米小,也学牡丹开"。"碧桃溪杏"语出宋代王安石《浣溪沙·百亩中庭半是苔》"小院回廊春寂寂,山桃溪杏两三栽"(王安石曾为鄞县县令,曾作《慈溪县学记》)。"诗地"语出宋代宋祁《咏苔》"赋阁并尘掩,诗阶伴药红"。"免相染"语出明代高启《阶前苔》"留着落来花,春泥免相污"。"秦渡"即龙山镇徐福东渡遗址。"唐窑"即上林湖畔汉唐青瓷古窑遗址。"颓垣蚨血"语出明代古心淳公《咏苔》"青如蚨血染颓垣,汉寝唐陵几断魂"。

"翠屏"即慈溪南部之翠屏山,此处泛指江南诸山。"真逸"即唐代顾况,号华阳真逸。"四如"即顾况《苔藓山歌》中苔藓四景"一如白云飞出壁,二如飞雨岩前滴,三如腾虎欲咆哮,四如懒龙遭霹雳"。"躺平"为当下网络热词,指无论对方做出什么反应,你内心都毫无波澜,不会有任何反应或者反抗,表示顺从;另表示瘫倒在地,不再热血沸腾、渴望成功。"各怀心境"及"何物斜阳"语出袁枚《苔》"各有心情在,随渠爱暖凉。青苔问红叶,何物是斜阳"。"杜梨"即甘棠,语出袁枚《大树》"不逢大匠树难用,肯住深山寿更长。奇树有人问名字,为言南国老甘棠"。"生如蚁、而美如神"指现代诗人顾城名句。"性灵"即袁枚之性灵说,借指于平凡处见卓著。

凤池吟·荷韵天香

（中华新韵　吴文英正体）

荷韵天香，渌青云逸，步步娜袅清芳。岸深杨柳外，玲珑碧秀，倩影施嫱。不染不妖，卉中净客誉流方。观澜后海，濂溪怜荷，大古莲塘。

田田一荡苍霭，一笔红雨荷，待放将香。只一身清傲，一片风骨，苦旅无疆。尺水兴波，有莲出水望钱塘。蓲为媚，梗作篙、馥郁间航。

本阕为"诗意四阕"第二阕——夏荷,以作家张晓风《雨荷》及慈溪湖畔诗派代表应修人《妹妹你是水》之诗意为基础,融各家诗文咏荷之情,全方位展示"花中君子"之风范。

"天香"即秀美与芳香之美称,荷花之美高洁清秀,荷花之香绵长清雅。"步步娜裊"及"玲珑"语出明代沈潜《浪淘沙·荷花》"……步步娉婷。微风透处寄香声。……隔水玲珑。若耶娇语不胜情……"。"施嫱"即美女西施和毛嫱,以喻荷之美。"不染不妖"语出宋代周敦颐《爱莲说》"予独爱莲之出淤泥而不染,濯清涟而不妖"。"净客"即莲花。"流方"即四方。"观澜"即塘南之观澜楼,叶恒曾登临作《观澜楼记》,此处借指观海潮。"后海"即大古塘别称,亦称莲花塘,此处借指塘北之海。"濂溪"即周敦颐,莲花塘之名源于周敦颐后裔迁居慈溪(古属余姚)筑塘捍海,为铭濂溪爱莲,遂名其塘为莲塘,名其水为莲溪,名其宅为莲花心庄。

"待放将香"语出张晓风《雨荷》"我一时为之惊愕驻足……待香未香的一株红莲"。"一身清傲,一片风骨"语出《雨荷》"一笔简单的雨荷可绘出多少形象之外的美善,一片亭亭青叶支撑了多少世纪的傲骨"。"苦旅"及"无疆"即余秋雨之代表作《文化苦旅》和《行者无疆》。"望钱塘"借指湖畔诗派代表诗人应修人。"蓮为舾,梗作篙"语出应修人《妹妹你是水》"……借荷叶做船儿,借荷梗做篙儿,妹妹我要到荷花深处来"。

霜花腴·素蝉天簌

（中华新韵　吴文英正体）

昊簌素螗，踞茂阴，疏桐丽响清扬。青锈洪钟，负驮千载，沉凝冻寂时光。蒂脱涅凰。饮露华、风纳八方。在高枝、沉澹长吟，不藉风劲曲高昂。

无谓涧清春望，夏花红映日，但爱秋阳。音瞰弥离，浓荫怀满，无惶瓦雀螳螂。冷蝉匪殇。万树鸣、夕唱寒江。调悠悠、韵入僧房，问禅知了郎。

本阕为"诗意四阕"第三阕——秋蝉，以慈溪唐代山水诗派大家虞世南《蝉》及慈溪当代九叶诗派代表袁可嘉《沉钟》之诗意为基础，融各家"蝉与秋"之诗情，以咏蝉唱之禅意真味。

"昊簧"即天籁。"蜩"即蝉，于静境中感受之自然音响，借指蝉为天然之乐器。"踞茂阴"语出东汉曹植《蝉赋》"依名果之茂阴兮，托修干以静处"。"疏桐丽响"语出虞世南《蝉》"垂緌饮清露，流响出疏桐。居高声自远，非是藉秋风"。"青锈洪钟"语出袁可嘉《沉钟》"让我沉默于时空，如古寺锈绿的洪钟，负驮三千载沉重……沉寂如蓝色凝冻，生命脱蒂于苦痛……收容八方的野风"。

"春望"及"夏花"语出古风歌曲《在梅边》"春水望断，夏花宿妆残，谁闻秋蝉，谁知冬来"。"浓荫怀满"语出九叶派诗人穆旦《秋》"为何你却紧抱着满怀浓荫，不让它随风飘落，一页又一页"。"螳螂"语出唐代戴叔伦《画蝉》"斜阳千万树，无处避螳螂"。"万树鸣"语出唐代李商隐《乐游原》"万树鸣蝉隔岸虹，乐游原上有西风"。"僧房"语出唐代刘商《秋蝉声》"萧条旅舍客心惊，断续僧房静又清。借向蝉声何所为，人家古寺两般声"。

琵琶仙·菊本天心

（中华新韵　姜夔正体）

菊本天心，赛白玉、绽放时芳菲尽。临涧春夏无争，只期暮秋近。经寂寞，年寒烂漫，历风雨、更添芳沁。满院黄金，寒枝抱馥，无羡铺锦。

卖花担、金蕊初开，放怀笑、团栾见佳信。白发靖节做伴，故人心相印。香袋锁、幽芗久驻，采晚香、煮作茗饮。悦处成就人心，百吉长进。

本阁为"诗意四阁"末阁——冬菊，以慈溪宋代江湖诗派代表高翥《菊花》及性灵诗派大家袁枚《晚菊和蔗泉观察韵》之诗意为基础，融各诗家"寒菊"诗情，以咏菊之天心。

"菊本天心"语出宋代家铉翁［咸淳八年（1272年）权知绍兴府、浙东安抚提举司事］《西园秋暮》"九九中间易道在，天心惟许菊花知"。"白玉"及"黄金"语出宋代陈宓《十月菊》"白玉三千界，黄金百万钱"。"秋近"语出高翥《菊花（其三）》"爱花千古说渊明，肯把秋光不似春。我重此花全晚节，剩栽三径伴闲身"。"烂漫"语出高翥《菊花（其二）》"亲向东篱手自栽，夕阳小径重徘徊。花应得似人乖角，过了重阳烂漫开"。"风雨"语出高翥《涧傍菊花》"历寂黄花老涧傍，不因风雨减清芳。从教衰谢随秋草，到了能全晚节香"。"寒枝抱馥"语出宋代江湖诗派代表戴复古《腊梅》"篱菊抱香死，化入岁寒枝"。

"金蕊初开"语出戴复古《洞仙歌·卖花担上》"卖花担上，菊蕊金初破"。"靖节"即陶渊明。"白发""香袋锁"语出袁枚《晚菊和蔗泉观察韵》"晚节不嫌知己少，香心如为知己留……白发渊明谁作伴？一枝黄雪满庭秋……收取落英充晚膳，山妻早制锁云囊"。"幽芗"语出宋代江湖派诗人代表刘克庄《菊》"莫道先生真鼻塞，幽芗常在枕囊边"。"悦处""人心"语出宋代陈存《和太师平章魏国贾公遗潜侍郎之作》"先腊催开万玉林，人心悦处即天心"。

(七)归字谣四阕

春苔

盈。底物青轻不躺平。生如蚁,米小满天星。

夏荷

涟。倩影娉婷不媚沾。风尘苦,溪上傲俗莲。

秋蝉

知。凝冻洪钟蜕锈时。汲清露,声远在高枝。

冬菊

呆。只待芳菲尽处开。知音醉,枝上抱香怀。

（八）字字双一阕

梅园酒舍

丰硒紫梅甘复甘,翠幕竹园绵复绵。归田诗酒仙复仙,愍慈喜舍恬复恬。

第七章 杂咏十五首（阕）

（一）暗香四阕

（中华新韵　姜夔正体）

美袍若玉

美袍若玉。岁月生丽质，百年香曲。立领谨严，盘扣斜襟胜诗语。开衩高低韵致，身线曲、熨帖仙侣。宽窄袖、摆漾香云，其曼妙含蓄。

幽绪。万千缕。看世纪浪潮，更衣知女。谠言无惧。着上华袍举旗炬。宋氏国服姊妹，柳霜魂、梁京生趣。倩于勇、淑入骨，玉英翠羽。

枰秋叶舞

枰秋叶舞。曼妙黄蝶影，冰肌莹骨。羽扇润金，二裂霓裙暖心府。铺落虹成彩锦，旅人醉、无分朝暮。化作泥、反哺高枝，新叶秀春圃。

嘉木。乐东土。万代孑遗传，无畏贫苦。艳奇不慕。偏爱果白叶金素。叶上歌德奥义，分而合、情如斯物。洛苑女、题片叶，爱终有主。

残荷守藏

残荷守藏。叶焦犹抱梗,蓬枯实壮。露冷淖污,无碍节廉藕心旷。只待来年水暖,出淤泥、田田莲漾。濯清波、傲骨铮铮,君子誉不枉。

余想。俪曲唱。暑渌逸轻风,娉婷悠畅。月高斗亮。溪客秋容影流荡。数笔红蕖墨韵,风旅苦、英姿别样。梗为篙、蘁作楣,景深处赏。

霜林摄摄

霜林摄摄。隐碧丛冷里，黄牵橙惹。焰焰火云，红醉萧辰晚霞侧。金盖彤披赤宇，莺雀语、溪山明瑟。蝶叶舞、不念泥鸿，经岁志犹热。

悦可。有佳色。看湛湛渌前，相思归客。忆君感刻。山远水寒彼及各。秋岸糖械似蜜，芸香幽、印心迭褶。寄丹叶、情漫漫，共悲同乐。

（二）行香子三阕

（中华新韵）

东方游圣

义胆奇人，忠爱清晖。礼始天台信终回。苍梧仁乐，碧海知微。有德同圭，天同气，地同辉。

东方游圣，西寻江首，下涉川穴上峣巍。天涯南北，绝境生归。但死无憾，前无古，后无追。

千岛之湖

　　碧宇驰鸟，翠岭环湖。水粼粼、千岛扶苏。黛山绿水，金带青服。有观湖峰，美猴戏，海公疏。

　　岁月荣枯，屿嶂沉浮。淼沧沧、狮贺城芜。古往今来，景胜民福。正鱼儿肥，水如蜜，贝珍珠。

万世苏仙

万世苏仙,仟阅伯篇。十九集句共婵娟。八州七奏,六五箴言。向四荒祭,三两曲,首夔缘。

一贤铁冠,双全三善,四五乌台赋清泉。六如庚煮,八九鸿还。有十方灯,百千法,万春迁。

（三）喜迁莺一阕

（中华新韵　康与之正体）

最堪游处

最堪游处。碧峦绿野风，梵呗遥度。泉响诗菊，霜清明月，香暖曲屏长路。西塞钓徒忘返，风雨晚村留驻。堞水荟，宋韵疆村萃，学馆流普。

知海红秋树。三愿玫瑰，莫打摘涠固。四季丰花，百种千亩，小镇美妆启幕。斗艳笑争芳傲，姊妹冰肌玉骨。天字道，莫不看花回，古香今馥。

（四）东风第一枝一阕

（中华新韵　史达祖正体）

诗志由心

　　诗志由心，英英景语，灼灼情意无尽。曲腔随性成章，倚套令如襞锦。词佳有物，依格律、辞得心印。赋比兴、雅诵风歌，入化境真嘉品。

　　文入趣、入心妙引。句入美、入哲精进。情真真不唯书，不维古名可隐。思人想物，悟大道、才思捷敏。意切切、手写肝心，三境界方摩近。

（五）七律六首

陶梦似蜀

东坡书院梦橘田，西麓画溪过贾船。
户户拉坯捏紫土，人人秘技有秦权。
金风不古入窑火，秋日尤新照蜀山。
二厂市集陶记忆，八方游客觅奇缘。

芥里深溪

南山幽处入深溪，芥片香生情坠迷。
秋日竹风摇火柿，清泉流响和村笛。
三千铜板拾寥寞，一甲春秋半副棋。
牛岭仙山金景满，客来忘返曲高低。

不夜桂林村

鹁鸪岭北见宏磬，天目湖阳到桂园。
金粟满枝山野碧，芫芳邀友舍茶绵。
官庄故地新潮起，敦睦传人创业酣。
美宿村咖香馥郁，乡街夜市客流连。

天目书塔

河连天目六桥横,天入秋分千桂蒸。
尚忆茶香方所月,还听竹景水街风。
江南灯火映书塔,苏韵渔歌带皖声。
细品市集乌米饭,慢玩光影夜游城。

报恩禅寺

东陵山色桂秋浓,天目湖光浮景重。
叠宇飞檐廊绕翠,白墙金顶瓦铺红。
檀香梵呗似清迈,暮鼓晨钟入性空。
上报四恩酬大愿,下扶三苦道和同。

佛光大觉

王飞岭芥径节青,西渚云湖秋水平。
罗汉沙弥多宝地,金狮白象大知行。
佛光楼殿乃精舍,白塔香林是祖庭。
滴水书香茶有韵,人间佛教道光明。

跋

一舟行歌　寒雪迎春

夫玉宇日赤月银，坤灵土黄水碧，天地之色也。至于温暑桃红柳绿，凉寒枫丹荻雪，自然之彩也。其苍穹风喉雷鼓，山川泉鸣潮啸，乃天地之声。其于春秋虫啾鸟啼，冬夏草摩木挲，为天籁之音。君立于天地，观乎大化形色，闻乎乾坤音声，归于惜惜之心，系于殷殷之意，其积也厚，其识也盈。

一舟寒雪，其为旅人行者也，喜旅于山川，乐行于人海。北自不咸天池，南至五子多河，西起鸣沙药泉，东迄阿里珠潭，以脚步丈量河山，以心灵体悟风情。其为音痴乐者也，爱翱于音景，好翔于乐海。击打金钟石磬，擂摇木柷革鼓，嘘呼土埙匏笙，吹弹竹箫丝琴，以钢琴邀约月光，以扬琴约会苏武。其为书虫读者也，痴漫于卷山，迷游于书海。品览词曲文赋，鉴阅经史子集，玩诵诗歌散文，赏读小说戏剧，以言语情交尼采，以文字心照李白。

至若读万卷书，行万里路，一舟寒雪之参求也。亦行亦歌，亦走亦书，一路记录沿途风景，一路抒写成长心情，一路追逐文艺梦想。不经意间，其吟咏杭州湾之诗词，积三百余首。而今结集，聊以此文为跋，赞之励之。

初稿甫成，得沈江龙、卫沈弘、周海风、虞家立、王学海、徐新民、虞坤林、姚晰频、冯关林、胡介文诸先生指导斧正，查杰慧先生更于诗集成稿、修改、定版诸环节予以全程指导并作序，幸甚至哉！而今书稿几经修改终得付梓，谨向诸先生深表感谢！

甲辰秋亦农于沁沐云仓